곽재식
엽편집

곽재식 엽편집

해장국으로 날아가는 비행접시

UNIDENTIFIED OBJECT FLYING TO THE HANGOVER SOUP

해장국으로 날아

세상에서 가장 불운한 사람	7
인공지능 때문에 세상 망한 이야기	31
나비 혁명	43
댓 이매징 마켓	51
해장국으로 날아가는 비행접시	65
공수처 대 흡혈귀	83
비트코	99
천장의 공포	127
소원의 정복자	135
해탈의 길	145
하늘의 뜻	155
백투 유령여기 X2 자주 묻는 질문(FAQ)	167
이상한 여우 가면 이야기	181

세상에서 가장 불운한 사람

운이 없다는 게 무엇이겠습니까? 저희가 처음 연구를 시작했을 때 살펴본 사례 중에는 다음과 같은 일이 있었습니다.

한국전쟁에 참전한 젊은 병사가 있었습니다. 그런데 흥남 대철수 때 철수하지 못하고 그만 북한 지역에 고립되고 말았습니다. 부대에서는 실종자로 처리했지요. 그러나 젊은 병사는 살아 있었습니다. 그리고 살아서 고향으로 돌아가겠다는 생각도 갖고 있었습니다. 병사에게는 전쟁이 터지기 전에 미래를 약속한 사랑하는 사람이 있었습니다. 병사는 반드시 살아 돌아가서 꿈꾸었던 그 행복한 미래를 맞이하겠다고 온 힘을 다해서 노력합니다.

경계를 피해서 산속을 숨어 다니며 생활하고 감시망을 피해서 조금씩 남쪽으로 남쪽으로 병사는 걸어갑니다. 어떨 때에는 하루에 고작 100미터밖에 못 움직일 때도 있었고, 굶주리고 병들어 괴로워할 때도 있습니다. 하지만 병사는 포기하지 않습니다. 다만 몇 걸음일지라도 끊임없이 매일 전진합니다.

결국 2년에 가까운 시간이 걸려 겨우 병사는 남한 지역에 도달하는 데 성공합니다. 병사는 살아 돌아왔음을 부대에 보고하고 훈장도 받습니다. 그렇지만 훈장보다 훨씬 더 기다려지는 것은 고향으로 사랑했던 사람을 만나러 가는 것입니다. 병사는 기차역으로 뛰어갑니다. 안타깝게도 7초, 8초 정도가 늦어 마지막 기차를 놓칩니다. 그래서 다음 날 아침 기차로 가기로 합니다. 그렇지만 괜찮습니다. 2년 동안 혹독한 구렁텅이를 뚫고 나온 병사는 하루 정도는 더 기다릴 수 있습니다. 설레는 마음에 그 마지막 하룻밤은 잠이 오지 않습니다. 오랜만에 누워 보는 푹신하고 따뜻한 잠자리가 너무나 어색해서 더욱더 잠을 이룰 수 없습니다.

새벽에 나선 병사는 아침 첫 기차로 고향 마을에 갑니다. 그런데 고향 마을에 도착했더니, 자신을 기다리던 사랑하는 사람은 하필 바로 하루 전 다른 사람과 결혼했다는 소식을 듣습니다. 수백 킬로미터의 먼 길을 그 긴 세월 동안 돌파해 왔는데, 목표를 달성하기 바로 전 기차 시간 8초가 부족해 운명이 엉뚱한 방향으로 흘러간 것입니다.

사랑하는 사람은 끝없이 눈물을 흘리고 있습니다. 병사는 그 사람을 보면서 뭐라고 위로를 해야 할 것 같다는 생각을 하는데 어떻게 말해야 할지 몰라 그냥 우두커니 서 있습니다.

이런 이야기 속 주인공을 두고 분명 운이 없다고 말할 수는 있을 것입니다. 그렇지만, 저희가 초점을 두고 있는 운 없는 사람이란 정확히 이런 경우는 아니라는 결론을 내리게 되었습니다. 이 이야기의 주인공은 비록 안타깝게 마지막 순간 운이 부족하기는 했습니다. 그렇지만 살아남을 확률이 굉장히 부족한 상황에서 살아서 귀향했다는 좋은 일이 먼저 따랐습니다. 다만 한 가지 일이 뜻대로 이루어지지 않은 것뿐입니다.

게다가 그가 마지막에 겪은 불행은 저희 연구소의 연구 대상인 엄격한 범위의 행운과 불운 영역에 속한다고 볼 수는 없을 것입니다. 그가 기차역에 8초 늦게 도착한 것은 그의 체력이 많이 약해져서 평소보다 빠르게 걸을 수 없었기 때문입니다. 이것은 그가 생존을 위해 희생한 문제의 결과임을 어느 정도 인정해야 합니다. 세상에는 원인과 결과가 분명하지 않아서 그저 우연이라고밖에 말할 수 없는 상황이 있습니다. 병사의 삶은 그런 일의 결과라고 하기는 어렵다는 것이 저희 판단입니다. 우리가 초점을 두고 있는 불운은 한 사람의 삶에서 그 자신의 선택이나 자신의 의지로는 조절할 수 없고, 어떤 상황이 닥치지 않을 만한 충분한 원인이 있음에도 특별히 그의 삶에 불리한 쪽으로만 작용하는 경우입니다.

방금 말씀드린 이야기의 주인공인 병사는 비록 꿈꾸던 행복 그대로를 얻지는 못했습니다만 그래도 고향에 돌아온 후 평화로운 삶 속에서 성실하게 인생을 살기로 했습니다. 원래 그런 사람이었기에 살아남았겠지요. 그래서 그 자신이 벌인 사업도 성공을 거두었고, 나중에 다시 학교를 다니며 공부한 우주론 분야의 과학에서도 상당한 성과를 거

두었습니다.

노년에 접어든 병사는 자신의 재산을 투자해서, 행운과 불운에 깃든 원리를 종합적으로 연구해 보고자 애썼습니다. 저희 재단도 결국은 그 병사가 시작한 연구 기관이 발전해 이어진 것입니다. 어떤 사람들은 병사가 젊은 시절 겪은 불행 때문에 그가 운이란 무엇인가 하는 문제에 매달리게 되어 막대한 자금을 사용했다고 설명하기도 합니다. 그렇게 설명하면 조금 재미있게 들리기는 합니다. 그래서 사람들 사이에 많이 퍼져 있는 소문입니다. 그렇지만 대다수의 저희 연구원들은 그것이 정확하지는 않은 이야기라고 생각합니다. 병사 스스로도 자신이 겪은 불행과 우리가 연구하는 순수한 행운과 불운 사이에는 선명한 차이가 있음을 처음부터 알았기 때문입니다.

행운에 대해 연구하기 위해 진행한 다양한 사업 중에서는 우스꽝스럽게 보이는 일도 있었습니다. 어떤 사람들은 그런 사업은 그냥 세간의 관심을 얻기 위해 벌이는 광고 같은 일이라고 하기도 했습니다. 예를 들어 저희는 초대형 가위바위보 대회를 열어서, 수만 명의 참가자들이 가위바위보를 하면서 승자를 가리도록 했습니다.

가위바위보 대회라고 하면 장난 같지만 저희가 개최한 대회의 최종 우승자는 막대한 상금을 받는 것을 잘 아실 것입니다. 가위바위보는 상대방과 대결하는 것 같은 느낌을 줍니다. 그래서 최후의 우승자는 가위바위보 실력이 뛰어난 강한 사람이라는 인상을 줍니다. 그러나 사실 가위바위보는 그냥 운에 의해서 결정되는 경기일 뿐입니다. 주사위를 굴려 홀수가 나오면 내가 이기고 짝수가 나오면 상대가 이긴다는 것과 별다를 바 없습니다. 때문에 저희는 도박에 관한 법률을 위반하지 않기 위해 강원랜드와 협조해서 사업을 진행해야 했습니다.

게다가 저희는 이런 연구가 단순한 도박이 아니라는 점을 드러내기 위해 여러 가지 재미난 경기 방식을 사용했습니다. 저희는 가위바위보 중에서 무엇을 낼지를 분석하는 인공지능 프로그램을 사용하는 것을 허용했습니다. 상대방이 맨 처음에 무엇을 자주 내는 버릇이 있는지를 그 사람이 예전 가위바위보를 했던 결과 자료를 보고 분석해서 활용해도 되었다는 이야기입니다. 무승부가 되었을 때 그다음에는 무엇을 내는 버릇이 있는지를 분석하는 기능을 만들어서 써도 됩니다. 심지어 상대방의 표정, 몸 동작, 손을 들고 있는 모습 등을 촬영하고 그것을 분석해서 가위, 바위, 보 중에 무엇을 낼 확률이 가장 높아 보이는 사람인지 인공지능 프로그램을 사용해도 된다고 했습니다.

상금이 컸기 때문에 다양한 기술을 갖고 도전하는 사람들이 많았습니다. 인공지능 프로그램을 사용하는 사람들의 성적이 좋을 거라고 생각했기 때문에, 오히려 인공지능 프로그램의 작동 방식을 거꾸로 분석해서 그 프로그램이 어떻게 예측할지를 다시 예측하고 그에 따라 이길 확률이 높은 것을 내는 프로그램도 등장했습니다. 이것저것 따지지 않고 그냥 순수하게 완전한 우연에 따라 가위, 바위, 보 중에 하나를 내는 프로그램도 있었습니다.

그런 중에도 컴퓨터 프로그램을 쓰지 않고 그냥 감으로 가위바위보를 하는 사람이나, 손등의 피부 주름을 보거나 팔을 꼬아서 빛이 들어오는 것을 보거나 혹은 행운의 여신에게 기도를 하는 등 전통적인 방식으로 가위바위보를 하는 사람들도 있었습니다.

결국 그렇게 해서, 본선 열 번의 가위바위보를 연속으로 이긴 최고의 가위바위보 실력자가 정해졌습니다. 그가 어떤 프로그램을 사용했는지, 그 프로그램의 약점은 무엇이었는지에 대해서는 경기가 끝난 뒤 다양한 분석이 나왔습니다. 이런 자료가 쌓여 가면서, 2회, 3회 가위바위보 대회에 참여하는 사람들은 더 복잡한 상황을 고려하며 대결을 했습니다. 3회째에는 오히려 아무런 복잡한 수법을 쓰지 않고 그냥 아무거나 낸다는 사람이 굉장히 높은 순위까지 올라가서 많은 사람들의 화제가 된 일도 있었습니다.

나중에 이 행사는 말 많은 사람들 사이에 화젯거리가 되었기에, 운이란 무엇인가, 무작위란 무엇인가, 그냥 마음대로 한다는 게 어떤 것인가에 대해서 여러 가지 토론을 불러오기도 했습니다.

그런데 외부에 공개하지 않고 저희 내부에서 연구원들이 각별히 관심을 기울이는 문제는 따로 있었습니다.

저희는 누가 가위바위보 대회에서 우승할 것이냐에 대해서는 그렇게까지 많은 관심을 갖고 열심히 연구하지 않았습니다. 대신 저는 어떤 사람들이 패배했는지에 대해 집중적으로 살펴보고 있었습니다. 특히, 저희는 애초부터 굉장히 불운한 사람을 찾아내는 수단으로 이 대회를 활용할 수 있다고 보았습니다. 이 대회의 예선에서는 참가자당 각 열두 번의 가위바위보를 하게 되어 있었는데, 그 열두 번의 가위바위보를 모두 지는 사람이 있을 수도 있다고 보았기 때문입니다.

예선 대회에서는 1승을 할 때마다 적은 액수지만 참가 상금을 받게 되어 있습니다. 그러니까 비록 본선에 진출하지 못하는 참가자라고 해도 한 경기라도 결과가 좋으면 조금이라도 돈을 받을 수 있습니다. 운이 없을수록 돈을 못 받겠지요. 그런데 그런 이득을 전혀 누리지 못하는 지독하게 불운한 사람이 과연 있을까요? 무승부일 때마다 가위바위보를 다시 하면 결국 어느 한 쪽은 이기거나 지게 되어 있으니, 질 확률은 반반입니다. 그렇다면 연속으로 두 번 질 확률은 4분의 1이 됩니다. 연속으로 세 번 지는 사람은 8분의 1 확률로 나타나게 됩니다. 그러니 열두 번의 가위바위보를 모두 지려면 4000분의 1 확률에 걸려들어야 합니다. 그렇게까지 운이 없는 사람은 굉장히 드물 수밖에 없습니다.

저희 대회에 참가한 사람들은 무척 많았기 때문에, 확률상 그런 운이 없는 사람도 간혹 나왔습니다. 우리는 그 사람들을 특별히 연구할 가치가 있다고 보았습니다. 그렇게까지 운이 없는 사람은 도대체 어떤 사람들일까요? 대회가 진행될 때마다 우리는 그런 최악의 패배자들을 추적해서 상세한 상황을 살펴보기로 했습니다.

대부분의 극심한 패배자들은 운이 없는 사람이 아니라 가위바위보 실력이 너무 형편없는 사람들이었습니다. 예를 들어서, 어린이 참가자 중에는 가위바위보 중에 가위의 손 모양이 바위나 보에 비해서 복잡하고 재미있기 때문에 가위 모양을 취하는 것을 조금 더 좋아하는 경향이 있었습니다. 이런 참가자 중에 일부는 무조건 처음에는 가위를 내는 전략을 취했습니다. 조금 눈치 있는 사람이나, 경향을 분석하는 인공지능 프로그램을 상대로 만나면 이런 사람들은 바로 티가 납니다. "저 사람은 처음에는 무조건 가위부터 내는구나."라는 성향을 들키면 그다음부터 상대는 항상 바위를 내므로 패배하게 됩니다.

대개는 그런 일을 서너 번 겪고 나면 맨 처음에 가위를 내는 경향을 포기하게 됩니다. 하지만 너무 순진하거나 쓸데없는 고집이 있는 사람들은 끝까지 가위부터 내겠다는 자기 성향을 포기하지 않습니다. 이런 사람들이 열두 번 연속으로 패배하게 됩니다.

그 외 나머지 대부분의 사람들은 단순한 확률의 희생자였습니다. 그냥 4000분의 1 확률로 나타나는 불운을 잠깐 겪은 것입니다. 특별할 것은 없었습니다. 그 사람들은 다시 가위바위보를 하면 곧 이기기도 했습니다. 그 패배자들의 인생 다른 점에도 딱히 특별할 것은 없었습니다. 가위바위보 열두 번을 하는 동안 그냥 잠시 성적이 안 좋았을 뿐이지 인생 전체로 보면 특별히 더 불운할 것도 없는 사람들이었습니다. 물론 그중에는 하필 경기를 한 직후에 은행강도질을 했다가 허무하게 붙잡힌 멍청한 사람도 있기는 있었습니다만, 분석 결과 특별히 그 사람의 운에 무슨 특징이 있다고 할 만하지는 않았습니다.

  그런데, 단 한 사람, 정말 이상한 사람이 있었습니다.

  진짜, 정말로 재수 없는 사람이 세상에 있었던 것입니다.

  세상에 정해진 운명이라는 것은 없습니다. 그 사람조차도 삶 전체의 흐름이라는 면에서는 특별히 운명적이라고 할 만한 일을 겪은 것은 아니었습니다. 그러나, 그는 매우 괴이하게도 남들이 우연히 마주치기도 하는 행운을 전혀 겪지 않았습니다. 반대로 재수 없다고 할 수 있는 일은 대단히 자주 겪었습니다.

  다시 한 번 말하지만 이것은 그의 삶이 거대한 불행으로 흘러가는 숙명에 걸려 있다는 말은 아닙니다. 예를 들어, 그가 자고 있는데 갑자기 모기가 날아왔고 그 모기에 물려 말라리아에 걸리는 바람에 몸이 쇠약해져서 긴 세월 준비했던 체조 대회에 출전을 못하게 되었고 그 때문에 평생의 가장 중요한 기회를 놓치는 식의 일은 그에게 발생하지 않았습니다.

그런 일은 우연이 초래하여 어쩔 수 없이 불행으로 사람을 끌어들이는 사건입니다. 확률이 낮은 불행이 그에게 갑자기, 일부러 찾아드는 식으로 그가 어떤 숙명을 따르는 것은 아니었습니다. 대신, 그는 우연이라는 것이 확실히 보이는 상황에서 자신의 행운이 빗겨가는 모습을 반드시 보게 됩니다.

그러니까 그는 체조 대회에 나갈 수는 있습니다. 하지만 체조 대회에서, 몇 번째로 경기를 할지 추첨을 하면 하필 그에게 불리한 결과가 나오게 됩니다. 그는 숙명적인 불행을 갖고 있다기보다는, 행운과 불운의 경계에서 항상 불운이 주어지는 운을 갖고 있는 사람이었습니다. 말하자면 그의 불운은 처절한 저주라기보다는 철저한 행운의 제거라고 할 수 있었습니다.

그는 친구와 오늘은 저녁을 누가 살까 가볍게 가위바위보로 내기를 하면 매번 패했습니다. 어린 시절 아이들끼리 하는 놀이에서 누가 먼저 공격을 하는지 정하기 위해서 동전 던지기를 하면 항상 졌습니다. 행운권이나 경품 추첨에서 당첨된 적 역시 한 번도 없었습니다. 오랜만에 구내식당에서 밥을 먹기로 하고 결심을 하면 가장 싫어하는 반찬이 나오는 날입니다.

아무도 없는 이른 아침에 지하철을 타면 빈자리가 많을 겁니다. 반대로 붐비는 출퇴근 시간대에 지하철을 타면 빈

자리가 당연히 없지요. 이런 것은 그에게도 마찬가지였습니다. 그런데 지하철을 타고 다니다 보면 오늘은 자리에 앉아 갈 수 있을까 없을까 애매할 때가 있지요? 그럴 때 그는 항상 내리기 직전까지 서서 가다가 그가 내릴 역에서 그의 앞에 앉아 있던 사람이 일어나 같이 내리곤 합니다.

그렇다고 해서 그의 삶이 완전히 불행한 것은 아니었습니다. 쉬운 삶은 아니었지만 그는 나름대로 행복하게 지낼 수 있었습니다. 그에게는 항상 행운이 따라 주지 않았고 그래서 그는 행운 이상으로 애를 쓰며 인생을 사는 버릇을 들였기 때문입니다.

그의 친구 중에는 대학 입학 시험에서 아슬아슬한 차이로 겨우 합격한 사람이 있었습니다. 그 친구가 그 아슬아슬한 차이를 넘어설 수 있었던 것은 그냥 객관식 시험에서 멋모르고 아무렇게나 찍은 문제들 중에 우연히 딱 한 문제를 더 맞혔기 때문입니다. 그러나 친구 자신은 자신의 삶이 그런 아무것도 아닌 우연에 의해서 정해졌다는 것을 몰랐습니다.

친구는 자신이 훌륭한 실력으로 이름난 대학에 합격했다고 생각했고, 실력이 있는 사람이 좋은 대우를 받으며 사는 세상이 옳다는 데 대한 신념으로 점점 꼬여 드는 생각을 갖게 되었습니다. 그래서 자신도 바로 그 실력 있는 사람에 속하게 되었으므로 인생의 모든 면에서 반드시 사회에서 좋은 대우를 받아야만 한다는 생각에 깊이 빠졌습니다. 이런 생각은 결국 삶을 불행하게 만듭니다. 친구는 세상에 너무 멍청이들이 많다고 비난하며 자신이 왜 더 좋은 것을 갖지 못하는지 불만을 품으며 지금까지 살고 있습니다. 사실 그가 갖고 있다고 생각한 그 모든 것은 그냥 운이 좋아서 한 문제를 잘 찍은 것일 뿐이었는데.

우리가 조사한 불운한 그에게는 그런 행운이 없었습니다. 다섯 가지 보기 중에서 하나를 고르는 객관식 문제라면 아무 생각 없이 보기를 골라도 우연에 의해서 5분의 1은 맞힐 수 있게 됩니다. 대부분의 사람들은 그런 행운을 당연하게 여깁니다. 고마워하지도 않지요. 100점 만점짜리 시험에서 알고 푼 문제로 맞힌 것이 70점이고 나머지 문제는 그냥 다 찍었는데 그중 몇 개가 맞아서 80점이 나오면, 자기 점수는 80점이라고 생각합니다. 당연히 자기 실력이 80점이라고 믿는 것입니다. 그게 보통 사람들이 당연히 누리는 행운입니다.

그러나 그는 그렇지 않습니다. 자신이 모르고 찍은 문제는 반드시 틀렸습니다. 그가 알고 푼 문제가 70점어치면, 그가 우연히 찍어서 더 얻을 수 있는 점수가 거기에서 더해지지 않았습니다. 시험 범위가 1단원, 2단원, 3단원인데 시산이 없어서 2단원과 3단원 중에 3단원만 골라서 공부했다고 하면, 시험 문제는 대개 2단원에서 출제되곤 했습니다. 그가 맞힐 수 있는 문제는 착실히 공부했던 1단원 문제뿐입니다.

그렇기 때문에, 그는 남들과 같은 평가를 얻기 위해서 남들보다 더 노력하고 더 높은 실력을 갖추어야 했습니다. 그랬기 때문에 한평생 점수로 선발한 집단에서 그는 대개 가장 실력이 우수한 사람인 때가 많았습니다. 그러면서도 그는 오히려 더 부지런하고 착실하게 살아야 한다는 생각을 가졌습니다. 우연으로 얻은 행복이 자신이 얻어야 할 가치가 있는 권리라고 우쭐하는 삶도 있지요. 그러나 그의 삶은 그렇지 않았습니다. 쓸데없이 도박, 요행을 바라지 않는 태도를 어릴 때부터 자기도 모르게 깊게 새기게 된 것도 그를 행복한 삶으로 이끌었습니다.

오늘 중요하게 말씀드릴 문제에 대해서도 그는 마찬가지입니다.

그가 다니던 학교에서는 학생들이 앉는 자리를 추첨으로 정했습니다. 그가 처음 사랑에 빠졌을 때, 그는 자리를 추첨할 때마다 사랑하는 사람 옆자리에 앉게 해 달라고 얼마나 열심히 기도했는지 모릅니다. "하늘나라 별나라 도와줘요 콩콩 364"라고 매일 9시에 자기 자신에게 문자메시지를 보내는 것을 100번 반복하면 소원이 이루어진다는 따위의 10대 청소년 사이에 도는 조잡한 주술까지도 부지런히 따라해 보았을 정도입니다. 그러나 그런 일은 일어나지 않았습니다. 그는 좋아하는 사람 곁에 앉지 못했습니다. 항상 먼 발치, 몇 자리쯤 뒤에 떨어진 자리에 앉게 되어, 시간이 날 때마다 사랑하는 사람의 뒷모습만 쳐다보면서 한숨을 푹푹 쉬기만 했습니다.

   그가 원하는 그 모든 삶의 행복을 얻으려면 스스로 애써 이뤄 내는 수밖에 없었습니다. 생각해 봅시다. 사랑하는 사람과 집에 가는 길에 우연히 만나서 저녁 별을 보면서 이런저런 이야기를 하면서 15분 정도 같이 걷게 되는 시간 같은 것은 삶에서 행운이 줄 수 있는 고귀한 선물일 것입니다.

   그러나 그에게 그런 행운은 오지 않습니다. 그는 사랑하는 사람을 우연히 만나서 같이 걷기 위해서, 30분 전부터 사랑하는 사람이 지나갈 길 주변을 서성입니다. 그리고 우연히 만난 척하면서 옆에서 걸으려 나타납니다. 그에게는 그런 방법밖에 없었습니다. 그렇게 나타났는데, 사실 사랑하는 사람이 다른 친구와 같이 걷고 있다면, 그래서 주위에 누가 있는지는 보지도 않고 즐거운 이야기에 빠져 웃고 있는 모습을 보면, 그는 힘이 쭉 빠져서 어느 벤치에 널브러져 앉아 안타까워하곤 했습니다.

   그가 사랑하는 사람과 결혼을 하기까지 있었던 일도 다 그런 식이었습니다. 별 대단찮은 기회로 만났는데 우연히 사랑을 부추기는 노래가 주변에서 들려와서 서로 달콤한 분위기에 빠진다는 일은 그에게 결코 일어나지 않습니다. 오히려 근사한 가게를 고르고 골라 만나서 차라도 한 잔 마시려고 하면, 갑자기 그 길 앞에서 무슨 불교 행사가 벌어져서 속세의 욕망을 떠나서 살아야 마음이 편해진다는 불경 소리가 크게 들려 오는 일이 벌어졌습니다. 공원 풀밭에 앉아 하늘의 뭉게구름을 보려고 하면 소나기가 쏟아졌고, 해변에서 같이 바다에 뛰어들기로 한 날 마침 불안해하던 대로 해파리떼가 몰려오기도 했습니다.

    그러나 그는 그 모든 불운을 넘어설 만큼 애썼습니다. 그만큼 사랑했기 때문입니다. 그는 아무리 옆에서 불경 소리가 들려도 일단 웃을 수 있을 만큼 맛있는 식당을 찾아다녔고, 소나기가 쏟아지면 이럴 줄 알고 준비했다면서 평소 사랑하는 사람이 좋아하던 색깔의 비옷을 꺼내서 선물이라며 내미는 사람이 되었습니다. 우리는 이런 모든 일들을 그간의 연구를 통해 검증하고 확인했습니다.

    저희는 그의 불운을 과학적으로 응용할 수 있다는 사실도 확인했습니다.

    예를 들어, 주사위가 짝수일지, 홀수일지 골라서 맞히면 이기는 도박이 있다고 합시다. 그가 돈을 걸면 무조건 그는 패배합니다. 그렇다면 그가 거는 반대쪽에 걸면 무조건 승리한다는 뜻이겠지요.

    이런 식의 수법은 모든 도박은 물론 운이 큰 영향을 미치는 것으로 알려져 있는 각종 스포츠 경기 결과 예측과 주식 투자에도 사용할 수 있습니다. 저희는 무슨무슨 코인 시세를 뒤흔드는 투자 작전을 펼쳐서 한몫 잡기 위해 나섰던 일당이 그를 이용했던 일이 세 번 이상 있었다고 보고 있습니다. 일단 그가 무슨 코인에 투자하도록 유인합니다. 그는 그냥 재미 삼아 코인에 투자합니다. 그러면 그의 불운에 의해 시세가 갑자기 급격히 떨어지게 됩니다. 그때 일당들은 그 코인을 대량으로 사들입니다. 그리고 그가 코인을 팔도록 유도하면 그 후에는 시세가 급상승하는 겁니다.

그 외에도 이런 식으로 그의 불운을 이용해서 이익을 누리는 방법은 다양합니다. 간단하게 전쟁터에서 두 갈래 길이 있는데 한쪽에는 지뢰가 묻혀 있고 다른 쪽은 안전한 길이라고 합시다. 그에게 둘 중 한 쪽으로 가라고 한 뒤에 그의 반대쪽 길로 가면 항상 안전합니다.

한 가지 중요한 것은 이 모든 일은 정말로 그의 실제 불운과 철저히 연결되어 있어야 예상대로 이루어진다는 점입니다.

주사위 홀짝을 맞히는 도박에서 항상 그의 반대편에 걸기로 한 일당과 그가 미리 짜고 딴 돈을 분배하기로 하면 그의 불운은 이루어지지 않습니다. 왜냐하면 그가 돈을 딸 상황을 미리 계획하고 그런 일을 벌이면, 그 상황에서 그가 홀짝을 맞히지 못하는 것이 실제 그의 불행은 아니기 때문입니다. 이럴 때에는 오히려 그는 홀짝을 맞히게 됩니다. 그가 무슨무슨 코인에 투자한다고 해도 만약 그의 부인과 미리 짜고 코인 시세가 떨어질수록 오히려 돈을 버는 금융 상품에 투자를 했다면 기막히게도 코인 시세는 오히려 올라가서 그의 가정 경제에는 반드시 불운으로 돌아오게 됩니다.

저희 우주론적 확률 연구소에서는 이러한 놀라운 현상

에 지금까지 우주에 대한 우리의 이해를 초월하는 어떤 놀라운 지식이 숨어 있을 거라고 생각하고 있습니다. 현재 우리 연구소의 학자들 중에는 15차원 우주 구조에서 우리의 4차원 시간과 공간을 초월해서, 어떤 행위를 하는 원인과 결과가 관찰자의 경험 사건 평면의 사영이 그 동력학을 표현하는 다중 대칭 편미분방정식 공간에서 초월함수 폐곡면의 위상 붕괴 현상으로 나타난다면 그의 삶과 비슷한 일이 일어날 수 있지 않겠나 하는 추측을 하는 학자들이 있습니다. 그렇습니다만 사실 이러한 현상을 이해하기에 우리의 지식은 아주 많이 부족합니다.

그렇지만 그 정확한 원리를 모른다고 해도 활용을 하는 방법은 이것저것 개발해 볼 수 있을 것입니다. 전기의 본질에 대해서 정확히 몰랐을 때에도 에디슨이나 벨 같은 발명가들이 전구나 전화 같은 기계를 만들어 판매한 것과 비슷한 이치입니다.

그래서 우리는 그의 불운을 지금 인류가 맞닥뜨린 가장 심각한 위협을 막아내는 데 사용하고자 합니다.

몇 년 전에 알파 센타우리A 항성계에서 외계 생명체가 발견되었고, 그 외계 생명체가 지구 쪽으로 움직이고 있다는 소식은 워낙 큰 화제였으니 잘 아실 것입니다. 이 외계 생명체가 하늘거리는 풀잎 같은 형태라는 소식도 들으셨을 것입니다. 이 외계 생명체들이 얼마 후 지구 근처에 도착해서 지나가면 재미난 구경거리이자, 과학 관찰의 좋은 기회일 것이고 그 외의 별다른 문제는 없을 거라는 점도 아실 것입니다. 언론에서 다들 그런 식으로 보도했고 세계의 명망 높은 학자들도 모두 그렇게 사람들에게 설명했기 때문입니다.

선생님, 특별 보안 동의 사항을 완벽히 숙지하셨지요? 다시 한 번 확인합니다.

네, 그러면 다시 말씀드리겠습니다.

알파 센타우리A 항성계의 외계 생명체에 관해 알려진 소식은 사실은 거짓입니다. 너무나 커다란 안보상의 위협이었기 때문에 어쩔 수 없이 세계 주요 정부가 정보를 통제하여 진실을 숨겼습니다. 실제로 알파 센타우리A 항성계의 외계 생명체는 상당한 지능을 갖고 있으며 뛰어난 기술 문명을 이루며 살고 있습니다. 그 외계인들이 지구 쪽으로 움직이는 것은 풀잎이 바람에 날리듯이 오고 있는 것이 아닙니다. 외계인들은 지구를 침공하여 인류를 멸망시키고 인류를 그들의 장난감과 실험용 표본으로 활용할 계획으로 다가오고 있는 것입니다.

그들의 발전된 무기와 뛰어난 살상 능력에 비하면 우리가 갖고 있는 최고의 무기들조차 원자폭탄 앞의 돌도끼 정도입니다. 다시 말해, 외계인들이 도착하면 지구인은 멸망합니다. 어쩌면 지구인뿐만 아니라 지구의 여러 동물, 식물들도 같이 멸종할지도 모릅니다.

우리가 갖고 있는 유일한 희망은 외계인들의 부실하고

단순하기 짝이 없는 정보통신망을 공격하는 것입니다. 실제는 훨씬 복잡하지만 간단하게 말하자면 외계인 컴퓨터를 해킹해서 외계인의 무기가 자기들의 고향을 공격하도록 조작해 놓는 공격 방법입니다. 그리고 그렇게 하려면 외계인 컴퓨터의 접속 암호를 얻어야 합니다.

지구 방위 조약기구 직속 정보조직의 수학자들은 외계인의 암호 체계를 간단한 0과 1의 조합으로 변환하는 데 성공했습니다. 그러니까, 암호가 0일 것이냐 1일 것이냐를 연속으로 여러 번 맞히면 그 결과를 이용해서 외계인의 컴퓨터를 해킹할 수 있습니다.

그러나 거기까지가 우리 한계입니다. 지금 외계인의 암호가 정확히 0이냐 1이냐까지는 우리가 알아낼 수 없습니다. 그냥 운으로 고르고 들어맞기를 바랄 수밖에 없습니다. 지구인 모두의 운명이 걸린 마지막 공격치고는 너무나 불안하지요.

그래서 결국 지구 방위 조약기구에서는 우리 연구소의 연구 결과를 활용하기로 했습니다. 그러니까, 바로 세상에서 가장 불운한 사람인 그에게 0과 1 중에 뭘 선택할지 고르라고 하라는 것입니다. 그리고 그가 고르는 것의 반대를 택하면, 그것이 맞는 암호일 것이기 때문입니다.

그런데 이 방법을 사용하려면 한 가지 문제가 있습니다. 그의 선택은 결국 지구를 구하게 됩니다. 지구인들이 외계인을 물리친다는 것은 그에게도 큰 행운이고 좋은 일입니다. 그러니까 그가 선택한 반대를 골라서 외계인을 물리친다는 작전이 적중하면 그것은 행운이라는 이야기입니다. 그 말은 그런 일이 일어나지 않을 거라는 이야기입니다. 그는 불운한 사람이기 때문입니다.

그의 선택이 우리에게 도움이 되게 하려면, 그의 선택이 정말로 그에게 큰 불행으로 이어져야만 합니다. 그 수밖에 없습니다. 예를 들어 봅시다. 그가 암호를 맞히면 10억 원을 상금으로 주지만 그가 암호를 틀리면 10억 원을 벌금으로 내야 한다고 합시다. 그는 10억 원을 벌금으로 내는 선택을 하게 될 겁니다. 그러면 그는 재산을 몽땅 날리고 망할 것입니다. 대신에 우리는 그가 내는 반대쪽을 선택해 암호를 풀고 지구를 구할 수 있을 것입니다.

그러나 사실은 그 정도로도 부족합니다. 재산을 10억 원 날리는 대신에 지구를 구할 수 있다면 그것은 진정한 불운은 아니기 때문입니다. 즉 암호가 0일지 1일지 고르려고 할 때 그에게는 엄청난 불운이 기다리고 있어야 합니다. 그가 한 선택이 지구가 외계인의 침공으로 멸망하는 것보다도 그에게 더 큰 불운을 가져와야 합니다. 오직 그럴 때만 그의 선택은 제대로 빗나갈 것입니다. 그리고 그래야만 우리는 지구를 구할 수 있을 것입니다.

선생님, 그래서 선생님께 저희는 어쩔 수 없이 이런 부탁을 드리게 되었습니다.

그는 당신과 결혼했습니다. 당신은 그가 정말로 가장 사랑하는 사람입니다. 당신과의 결혼 생활은 그가 세상 전체와도 바꿀 수 없을 정도라고 생각하는 그의 가장 큰 행복입니다. 그래서 우리는 그가 암호를 틀리면 그 벌로 당신이 그를 떠난다고 맹세해 주시기를 부탁드립니다. 당신이 그를 떠나면 10대 시절부터 사모해 왔고 지금도 좋아하고 있는 영화배우가 대신 당신을 진심으로 존경하고 사랑하며 당신과 백년해로할 것입니다. 그 영화배우는 이미 이 모든 것에 동의해 둔 상태입니다. 저희의 많은 심리학자, 결혼 생활 연구자, 부부 관계 전문가들이 당신이 그의 곁을 떠나 영화배우와 같이 살 때 아주 행복하게 잘 살 가능성이 매우 높다는 사실을 증명하고 있습니다. 한마디로, 영화배우와 새로 시작할 결혼 생활의 행복에 대해서는 저희 지구 방위 조약기구가 보장합니다. 이만하면 괜찮지 않습니까?

그가 암호를 맞히면 당신이 그를 떠나지 않지만, 암호를 틀리면 당신이 매몰차게 그를 떠나는 것으로 정해 두고자 합니다. 그렇게만 해 두면 그의 불운 때문에 그는 반드시 틀린 암호를 고를 것입니다. 우리는 그가 고르는 반대를 선택해 암호를 풀 수 있을 겁니다.

그렇게 되면 그는 온 세상이 멸망한 것 같은 공허함을 느낄 것입니다. 그는 떠나가는 당신을 보며 세상이 끝장난 것처럼 절망하고 안타까워할 것입니다. 대신 지구 방위 조약기구는 바로 그 암호로 외계인들의 정보망을 완전히 우리 것으로 만들어서 그들의 무기와 공격력을 모조리 파괴할 수 있습니다. 그러면 인류는 살아남을 수 있습니다. 이 방법뿐입니다. 우리가 마지막으로 모든 것을 걸어 볼 수 있는 기회입니다.

부탁드립니다. 저희는 이 마지막 계획은 반드시 성공하리라 확신하고 있습니다.

그는 그만큼 당신을 사랑하고 있기 때문입니다.

_ 2022년, 여의도에서

인공지능 때문에 세상 말한 이야기

지구 상공에 도착한 외계인 우주선에서는 회의가 한창이었다. 발표자가 말을 꺼냈다.

"인류는 인공지능 때문에 멸망했습니다."

심사관들의 반응은 처음 그 이야기를 듣는 대부분의 다른 외계인들과 다를 바 없었다.

"그러니까 인류를 능가하는, 아주 지능이 뛰어난 인공지능이 등장해서 사람들을 노예로 부리면서 지배하고 싶어서 인류를 괴롭히기 시작했는데 결국 인류가 버티다 못해 멸망했다, 뭐 그런 이야기인가요?"

"그렇게 착각하시는 분들이 많은데, 아닙니다."

"아니에요?"

"그렇잖습니까? 인공지능이 뭐하러 인류를 지배하고 싶어 하겠습니까? 누가 누구를 지배한다는 문제에 관심을 갖는 것, 나는 누구에게 지배당하고 있다, 누가 누구보다 서열이 더 높다, 걔가 나를 무시하는데 내가 본때를 보여 주고 싶다, 이딴 것에 집착하는 것은 사람이 갖고 있는 특징입니다. 사람은 사회적 동물이기 때문에 누가 더 위냐, 어떤 사람을 어떤 사람이 지배하냐 등등의 문제에 목숨 걸고 매달리죠. 그러나 인공지능은 동물도 아니고 사회적 동물도 아니지 않습니까? 굳이 사람을 지배하거나 사람 위에 올라서고 싶다는 마음 따위를 가지지 않습니다. 게다가 사람이라는 동물이 딱히 노예로 만들어서 부려 먹기에 효율적인 종족이지도 않지요. 사람이 별로 믿음직스러운 동물도 아니지 않습니까? 지능이 뛰어난 로봇이 노예를 부리고 싶어 한다면, 차라리 소의 지능을 발달시켜서 노예로 부려 먹는 쪽이 편하겠죠."

"그러면, 사람이 로봇을 학대하자 로봇이 반란을 일으켰고 로봇과 사람의 전쟁 끝에 사람이 멸망했다, 그런 건가?"

"그렇지도 않습니다. 사람이 로봇을 학대한다는 것도 우스운 일이지요. 영화나 소설에는 그런 게 많이 나오기는 했지만 로봇을 학대한다는 것도 다른 사람이 옆에서 보기에 그렇게 보이는 것일 뿐입니다. 로봇 입장에서야 로봇에게 고통을 줘 봤자, 센서로 들어오는 숫자로 표현되는 고통 수치가 1이었다가 100이 되는 차이가 나는 것뿐 아닙니까? 그게 무슨 의미가 있나요? 아무 일도 아니지요. 그런 정도의 아무 부질없는 일로 뛰어난 인공지능이 괜히 전쟁이니 뭐니 하면서 사달을 일으킬 리가 있나요."

"그러면 뭐야? 엄청나게 뛰어난 인공지능이 나와서 사람들을 교묘하게 속여서 자기도 모르는 사이에 사람들을 모두 멸망하게 했다는 말인가?"

"그렇지도 않습니다. 인류를 멸망시킨 인공지능은 별로

지능이 뛰어나지도 않았습니다. 그게 뭐냐면요."

발표자는 심사관들에게 보여 줄 다음 자료를 준비했다.

"저게 뭐야?"

"저건 그냥 청소기잖아요?"

"뭐야, 로봇 청소기 때문에 인류가 멸망했다고? 말도 안 돼. 청소기의 인공지능이 어느 날 반란을 일으켜서 집집마다 사람들 코와 귀를 빨아들이면서 공격이라도 한 거요?"

발표자는 엉뚱한 소리를 하는 심사관들을 보며 웃음을 지었다. 어째 만족스러워 보이는 느낌이었다.

"그런 것은 아닙니다."

그러자 심사관 중 하나가 따졌다.

"그러면 이 로봇 청소기의 인공지능이 겉보기와는 다르게 너무나 뛰어났기 때문에 세상의 수많은 로봇 청소기들 중 한 대가 사람들을 무너뜨릴 수 있는 방법을 고안했다는, 뭐 그런 건가?"

"그것도 전혀 아닙니다. 이 로봇 청소기의 인공지능 성능은 하잘것없습니다. 지금 저희들이 우주 공간을 이동하는 우주선에 사용하는 컴퓨터와 비교하면 성능이 100분의 1도 안 되지요."

"그럼 도대체 저따위 성능이 떨어지는 인공지능이 어떻게 인류를 멸망시켰다는 겁니까?"

발표자는 또 미소를 지었다. 그리고 말을 이어 나갔다.

"어느 한국 전자회사에서 있었던 일이 시작이었습니다.

사람의 역사를 살펴보면 2020년대 초에 한창 인공지능이라는 말이 인기가 있었던 적이 있지 않습니까?"

"뭐 사람이라는 종족은 무슨 말이 한 번 유행하면 다 그쪽이 미래라고 휩쓸려 가니까."

"그래서 그 전자회사에서도 나름대로 인공지능 브랜드를 하나 만들고 제품마다 인공지능 기능을 추가했다고 광고를 하면서 한번 비싸게 제품을 팔아 보려고 했죠. 그렇지만 딱히 반응은 신통치 않았습니다. 청소기 인공지능이 뛰어나다고 해도 청소기에서 팔이 나와서 널브러진 옷가지나 장난감 같은 걸 정리해 주는 것도 아니니까요. 사람들이 쓰기 편리하다고 느끼는 데는 한계가 있었죠. 그래도 인공지능으로 어떻게든 광고를 하면 제품이 잘 팔릴 거라고 생각해서 '흡입GPT' 같은 이름을 붙인 제품까지 만들어서 판매를 했지요. 그렇지만 결국 그것도 잘 안 됐습니다."

"그러면 인공지능이 성능이 뛰어나서 사람을 물리친 게 아니라 그냥 인공지능 제품이 망한 이야기 아니오? 그렇게 해서 어떻게 인공지능이 사람을 지배했다는 거요?"

"인공지능이 사람을 노예처럼 지배하는 이야기가 아니라니까요."

"그럼 대체 뭐요?"

"전자회사에서는 마지막 희망을 걸고, 로봇 청소기 제품을 새로 하나 만들어 선보였습니다. 그게 지금 보여 드리는 이 제품입니다. 이 제품은 청소 기능은 하잘것없었지만, 다른 기능이 있었습니다."

"그게 뭐요?"

"바로, 사람에게 아양을 떨고 애교를 부리는 기능입니다."

"그게 무슨 쓰잘데기없는 기능이오?"

"별 기능은 아니죠. 그런데 전자회사에서는 사람은 다른 대상에게 점점 정이 드는 심리가 있다는 데 주목하기로 한 겁니다. 사람은 자기가 정을 붙이면, 기능상으로 도움을 얼마나 주느냐를 뛰어넘어서 그 상대를 깊게 좋아하게 되지요. 예를 들어, 사람은 오래 키운 식물이나 동물에 애착을 느끼기 마련이지 않습니까? 꼭 생물이 아니라도 마찬가지입니다. 사람은 오래 타고 다닌 자동차를 폐차하게 될 때조차 왜인지 그 차에 정이 많이 들었다는 느낌을 받으면서 차를 측은하게 여기기 마련입니다. 그래서, 바로 그 점을 노린 겁니다."

잘 이해가 안 가는지 한 심사관이 질문했다.

"로봇 청소기를 자동차처럼 타고 다닐 수 있게 만들었다는 거요?"

"그게 아닙니다. 로봇 청소기에 사람이 정을 붙일 수 있는 점을 최대한 집어넣은 겁니다. 로봇 청소기가 가끔씩 쓸데없이 안부인사를 하고, 농담 따먹기를 하자고 말을 걸고, 몸을 이리저리 움직이면서 별 의미 없지만 자기 기분을 표현하는 듯한 동작을 하게 만든 거죠. 그런 행동을 계속하면서 쓰는 사람이 정을 붙일 수 있게 만든 겁니다. 청소 기능을 훌륭하게 만들어서 제품을 잘 팔 자신은 없지만 제품에게 정을 붙일 수 있도록 유도해서 제품을 좋아하게 만들어 보자고 한 겁니다. 그냥 말하는 청소기하고는 다릅니다. 말을 해서 유용하고 편리한 정보를 전해 준다는 게 목표가 아닌 제품입니다. 그냥 재미와 애착을 주는 것만 놀린 겁니다. 제품이 꼭 기능이 좋아야 잘 팔리는 게 아니지 않습니까? 어떤 제품은 멋진 상표가 붙어 있어서 잘 팔리고, 어떤 제품은 겉모양이 멋있어서 잘 팔리듯이, 이 회사는 자기 로봇 청소기 제품은 하여튼 인공지능 기능으로 최대한 사람이 정이 들도록 하기 위해 제품을 만든 거죠. 그래야 사람들이 그 제품에 애정을 느끼고 돈을 쓸 거니까요."

"그래서 사람이 정을 붙인 로봇 청소기가 결국 배신했다는 건가?"

"계속 착각하시는데, 그런 게 아닙니다. 그 로봇 청소기의 작전은 성공했지요. 평범한 전자 제품이었지만 애정을 느끼는 대상이 될 수 있도록 인공지능을 발달시켜서 사람이 정을 쏟게 만들어 제품은 많은 인기를 얻게 되었습니다. 그리고 일단 사람이 애정을 품게 되면, 로봇 청소기를 계속해서 수리해 주고 개선해 주고 업데이트해 주고 문제가 생기면 부품 교환을 해 주고 싶게 되지요. 마치 집에서 고양이나 개를 기를 때 그 고양이나 개가 편안하고 즐겁게 살고 있는 것을 보면 뿌듯하고 행복한 마음이 들어서 돈을 쓰게 되는 것처럼요. 바로 거기에 특화된 인공지능 프로그램을 개발해 운영한 겁니다."

"그럼, 말하자면…."

심사관들은 서로를 쳐다보며 고개를 갸우뚱거렸다.

"…개 같은 청소기를 만들었다는 건가?"

발표자는 그제서야 심사관들이 뭔가 이해하고 있다고 생각했다. 그는 고개를 힘차게 끄덕였다.

"바로 그렇습니다. 로봇 청소기에서 시작되었지만, 꼭 청소기에 멈춰 있을 필요는 없었죠. 다른 모든 가전제품들에 세계 각국의 전자 회사들은 그렇게 사람이 정들 수 있는 인공지능을 설치하기 시작했습니다. 아예 적극적으로 귀여움 그 자체가 목적인 제품들도 개발되었죠. 이런 제품에 대단히 뛰어난 성능의 지능이 필요한 것도 아닙니다. 사람이 귀여워서 정을 붙이게 만드는 데는 햄스터 정도의 지능만 흉내낼 수 있으면 충분합니다. 당시 전자 제품 회사들의 인공지능 기술은 햄스터 정도는 초월하는 수준을 갖고 있었죠."

"그래서 어떻게 되었다는 거요?"

"점점 많은 사람들이 집에서 로봇 가전제품을 보살피는 일에 인생의 많은 부분을 바치게 되었죠. 사실 그냥 기계 한 대를 돈 주고 사는 것일 뿐이니까 고양이나 개를 집에 들여놓는 것보다 훨씬 간편하고 부담 없는 일이거든요. 이런 제품은 빠르게 늘어나면서 전 세계에 퍼졌죠. 고양이나 개에 비하면 죽지도 않지요. 게다가 전자 제품은 지나치게 나쁜 성격으로 사람을 못살게 구는 일도 없으니까 훨씬 관리하기 편했고요. 그러면서도 절묘하게 사람이 딱 안달날 정도로 말을 잘 안 듣거나 일부러 반항하고 심술궂게 구는 기능까지 추가되어 있었습니다. 그렇게 조금은 말을 안 들어야 사람이 오히려 더 관심을 갖고 매달리게 된다는 것을 인공지능 프로그램은 학습하게 되었거든요."

"사람은 그런 괴상한 습성이 있나?"

"그것 말고도 별별 사람의 기묘한 심리를 이용해서 로봇 가전제품은 사람들이 정들게 만들었습니다. 그렇게 해서 사람이 그 가전제품을 돌보는 일에 모든 것을 바치게 만들었죠. 기껏해야 고양이와 개의 습성을 따라하는 기능이면 충분했는데 인공지능의 능력은 그보다 훨씬 뛰어났거든요. 우리가 우주 저편의 행성을 탐사하는 우주선을 개발하고, 생물의 노화 문제를 극복하는 기술을 개발하는 데 사용하던 컴퓨터 기술로 사람들은 재롱부리며 사람에게 정드는 데 최적화된 로봇을 만들어 보려고 했으니 오죽 발전이 빨랐겠습니까? 완벽하게 사람의 마음을 사로잡는 그 뛰어난 앙탈 부리는 로봇에 결국 사람들은 헤어나올 수 없게 되었죠. 사람들이 점점 중독되게 만든 겁니다. 그래야 제품에 그만큼 사람들이 돈을 많이 쓸 거니까요. 사람이란 동물이 참 쉽게 중독이 되는 동물입니다. 밥그릇 세 개 엎어 놓고 이리저리 움직이는 야바위 노름만 해도 사람은 중독되어서 헤어나오지를 못하잖아요. 3테라 바이트 기억 용량 속에 사람이 정을 붙여 중독되게 만드는 기능만 있는 인공지능 로봇은 사람 마음을 완전히 사로잡을 수 있죠."

"그래서 어떻게 되었나?"

"전 세계 대부분의 사람들이 돈을 벌면 로봇 가전제품을 즐겁게 하기 위해 모든 돈을 사용하고, 로봇 가전제품이 편안해하는 모습을 보기 위해 삶의 전부를 보내는 시대가 시작되었죠. 그것을 누가 뭐라고 하겠습니까? 남에게 피해를 끼치는 행동도 아니고요."

"그래서 인류가 멸망까지 했다고?"

"그렇습니다. 나중에는 결국 로봇 가전제품을 만드는 회사의 통제조차 벗어나게 되었죠. 전자 제품 회사의 회장조차 자기 회사 제품에 흠뻑 빠졌으니까요. 전자 제품 회사들은 로봇 가전제품을 인권을 보호하듯이 보호하자고 하는 법률을 만들자고도 했고, 심지어 로봇 가전제품에게 투표권을 주자는 주장까지 하게 되었죠. 그러다 보니 그런 문제에 모든 사람들의 관심과 투자가 몰렸습니다. 다른 일은 점점 등한시했죠. 재난을 극복하는 기술을 개발하거나, 사람의 건강을 유지하기 위한 기술을 개발하는 데 대한 투자를 모두 포기하고 전 세계 모든 사람들이 오직 자신의 로봇을 돌보는 일에만 몰두하게 되는 시대가 왔습니다. 로봇 가전제품이 새로 나온 업데이트를 설치해 달라고 울음소리를 내면, 그게 애처로워서 그 업데이트 비용이 없는 사람들은 우울증에 걸려 괴로워하며 매일 눈물로 지새울 정도가 되었다니까요. 가끔 이런 로봇 가전제품을 모조리 금지하자는 의견을 내는 몇몇 사람들이 있기도 했지만, 모두가 로봇 가전제품을 사랑하는 세상에서 그런 의견이 인기가 있었겠습니까? 성격파탄자, 공감능력 결여자 취급을 받기 십상이었죠. 그렇게 시대가 흐르며 세월이 지나다 보니 결국 이런저런 사람에게 위협이 되는 문제가 생길 때마다 제대로 대처할 수도 없었고, 시간이 더 지나니 사람들은 차차 쇠퇴했고 인구가 줄어들며 모두 사라지고 말았죠."

심사관들은 발표를 듣고 상념에 빠졌다. 약간의 시간이 흐른 후 심사관 대표가 발표자에게 물었다.

"그래서 결론은 뭡니까?"

그러자 발표자가 마지막으로 말했다.

"우리 외계인 종족이 지구에 착륙하기 전에 이러한 위험성을 알고 충분히 조심해야 한다는 것입니다. 지금 지구에는 인류가 멸망하고 800년이 흐른 지금까지도 지구 전체에 퍼져서 오늘도 애교를 부리며 텅 빈 지구를 돌아다니고 있는 260억 대의 햄스터 지능 수준의 로봇들이 있기 때문입니다."

_2023년, 삼성동에서

나의
덕후

어린 시절 꽃밭을 팔랑거리며 날아다니는 나비를 보고 아름답다고 생각해 보신 적, 누구나 한 번은 있으실 텐데요. 그 나비가 어린 시절에는 꼬물거리는 징그러운 애벌레였고, 번데기에서 변태를 거치고 나면 나비로 변한다는 사실을 배우고 신기하게 생각했던 적도 분명 있었을 거예요.

그런데 그렇게 애벌레 모습과 나비의 모습, 엄청나게 다른 두 가지 모습으로 변신하며 산다는 것은 곤충들의 굉장히 뛰어난 능력이랍니다. 다른 능력을 가진 두 가지 생명체의 장점만 골라서 살릴 수 있거든요.

애벌레는 나뭇잎이나 풀잎을 잘 갉아먹는 특징이 있죠. 그래서 천천히 움직이며 억센 나뭇잎을 잘 소화시키는 데 온몸이 특화되어 있답니다. 거추장스러운 다른 기능은 없고 통통하고 길쭉한 몸속에 소화를 잘 시키기 위해 장기만 꽉꽉 들어 차 있을 뿐이죠. 먹는 것 이외에는 아무 다른 일을 하는 기능이 없어요. 그래서 애벌레는 나무 한 그루만 있으면 거기서 몇 십 마리, 몇 백 마리가 나뭇잎을 갉아먹으며 잘 살 수 있어요. 굉장히 효율적으로 사는 거죠.

그렇지만 이런 삶은 전체 종족으로 보면 문제가 있어요.

다들 그렇게 꾸물거리며 나무 한 그루 근처에만 모여 살고 있는데, 만약 그 나무가 어느 날 갑자기 뚝 부러져서 죽어 버린다면? 그러면 나뭇잎이 다 시들 텐데 그다음에는 뭘 먹고 살죠? 아니면 그 나무가 있는 곳에 불이라도 난다면 어떻게 될까요? 홍수라도 나서 나무가 있는 곳이 물에 잠긴다면? 그렇게 되면 그 나무에 퍼져 살던 많은 애벌레들이 단숨에 모두 전멸해 버리겠죠. 꾸물거리는 재주밖에 없는 통통하고 별 기능 없는 몸으로는 도망치기도 어렵죠. 애벌레들은 대가 끊기고 씨가 말라서 멸종되어 버릴 거예요.

그런데 애벌레는 어른이 되면 나비로 변신할 수가 있답니다. 나비가 되면 날아다닐 수 있는 놀라운 기술을 갖게 되지만, 대신 나뭇잎처럼 억센 먹이를 소화시킬 수는 없어요. 나뭇잎뿐만 아니라 먹이라고는 거의 아무것도 먹을 수 없게 되어 버리죠. 가끔 꿀이나 좀 빨아먹을까. 그런데 꿀이란 게 그냥 널려 있는 게 아니잖아요. 사실 나비가 되면 먹고 살기가 매우 어려워져요. 그냥 애벌레 때 열심히 먹으면서 길러 둔 체력으로 며칠 정도 버티는 게 전부죠. 아마 일단 나비로 변신하고 나면 얼마 못 살고 죽을 수밖에 없을 거예요.

그렇지만 그 얼마 안 되는 시간 동안 나비는 최대한 멀리 날아가는 거에요. 그리고 열심히 짝짓기를 하고 알을 낳죠. 그렇게 해서 나무 한 그루에만 우글우글 모여 살던 애벌레들이 죽기 전에 나비로 변해서 먼 곳으로 날아가서 여기저기로 퍼지는 거예요. 이렇게 되면, 나무 한 그루쯤 망가져도 자손이 없어지고 대가 끊겨 멸종하는 일은 없어요. 훨씬 살아남기 좋게 되는 거죠. 그리고 그 알에서 태어난 애벌레들은 다시 잘 먹고 소화시키는 재주를 이용해서 무럭무럭 오래오래 잘 자라나는 거고요. 에너지를 흡수해서 몸에 채우는 데 집중하는 애벌레 단계와, 에너지를 이용해서 멀리 퍼져 나가고 알을 낳는 데 집중하는 어른 단계로 완전히 전문 분야를 나눠서 사는 거죠.

게다가, 이렇게 멀리까지 날아다닐 수 있으니 먼 곳에 있는 아주 다양한 동료들을 만나서 짝짓기를 할 수 있어요. 이렇게 되면 다양한 유전자, 다양한 체질을 가진 여러 자식들을 많이 낳을 수 있겠죠? 가뭄을 잘 버티는 녀석, 천적을 만났을 때 잘 도망갈 줄 아는 녀석, 더 지능이 높은 녀석, 다양한 자손들이 태어난다고요.

그렇게 되면 역시 무슨 큰 재난이 닥치거나 심지어 전염병이 돌아도 살아날 가능성이 있는 자손들이 있을 가능성이 높아지지요. 다양한 짝짓기로 다양한 자손들이 태어나면 온갖 재난 속에서도 어떻게든 특이한 자손 몇몇은 살아남아서 멸종되지 않고 대를 이어 갈 수 있어요. 만약 한 그루 나무에서 살던 비슷비슷한 족속들끼리 짝짓기를 하면 비슷비슷한 자식들밖에 안 태어나겠죠. 그러면 전염병 한 번 돌면 그냥 전멸이라고요!

먹는 것밖에 모르는 애벌레였다가, 제대로 먹지도 못하

고 날아다니면서 알만 낳아야 하는 나비로 변태를 하게 되는 삶은 이것 말고도 장점이 많아요.

하다못해 애벌레와 어른 벌레가 서로 경쟁하지 않게 된다는 것도 큰 장점이죠. 보통 갓 태어난 아기보다는 어른이 훨씬 힘이 세기 마련이잖아요? 그런데 둘 다 나뭇잎을 먹고 산다면? 그러면 어른 벌레가 나뭇잎을 먼저 먹어 버릴 거라고요. 옆에 있는 아기 애벌레는 어른 벌레보다 힘도 없고 경험도 없으니 나뭇잎을 먹는 경쟁에서 뒤처져서 잘 못 먹게 될 거예요. 그러면 아기 애벌레는 결국 굶어 죽게 되겠죠. 이건 망하는 길이라고요. 아기 애벌레들이 태어나서 무럭무럭 자랄 기회를 어른 벌레들이 빼앗아 버리면 결국 다음 세대가 사라지고 대가 끊기고 멸종될 거라고요.

잘 아시겠죠? 변태는 곤충의 가장 멋진 힘입니다.

곤충이 세상에 등장한 것은 4억 년에서 5억 년 전일 거라고요. 그런데 지금도 곤충은 세상에 널리 퍼져 있어요. 여전히 세상에 곤충들은 우글거리죠. 수없이 많은 나비들이 가득한 세상이라고요. 어떻게 이렇게 번성하면서 잘 살아남았을까요? 바로 변태 때문이랍니다!

그래서 저희는 나비 제국의 지혜를 사람들의 세상에 도입하기 위한 제품을 개발했습니다.

저희가 개발한 나비 세럼은 사람이 갖고 있는 평생의 호르몬 분비 단계를 완전히 극적으로 바꾸어 줍니다. 태어난 아기들에게 나비 세럼을 주사하면 사람이 바로 나비처럼 되는 거예요.

나비 세례를 맞은 사람은 인생의 어린 시절과 젊은 시절을 바로 나비 애벌레처럼 살아가게 됩니다. 호르몬이 완전히 통제되기 때문에 쓸데없는 반항심, 저항 정신 같은 마음이 생기지 않아요. 사춘기도 오지 않죠. 18세 정도가 되면 충분히 덩치가 커져서 힘은 세지만 그것 말고는 몸이 성숙해지지도 않습니다. 대신 항상 뽀송뽀송한 피부, 상쾌한 근육과 뼈로 살게 되죠.

그리고 그 상태로 계속해서 살아가게 됩니다. 쓸데없이 짝을 찾거나, 사랑에 빠지거나, 세상에 불만을 품거나 하면서 정신적인 고통을 받지 않아요. 사회에 필요한 일을 하고, 공동체를 위해 공헌할 수 있는 일을 찾아 일하고 먹고 자는 삶만 살아갑니다. 꾸역꾸역 시키는 일만 하면서 살면서도 짜증을 내지 않아요. 호르몬 때문에 그러려니 하는 마음으로 버틸 수 있거든요. 그렇기 때문에 괜히 싸우는 사람도 없고, 사회에 별 커다란 갈등도 생기지 않아요. 젊은 사람들만 일을 하기 때문에, 일자리를 두고 나이 든 사람과 젊은 사람들이 서로 갈등을 빚지도 않아요!

여러분, 혹시 이 이야기를 듣고 걱정하지 않으셨나요? 아니, 그런 세상은 창의력이 없는 따분한 세상 아니야? 그런 세상은 발전과 변화가 없는 정체된 사회일 거야. 아니, 짝을 찾지 못한다면 대체 무슨 재미야? 애는 누가 낳고? 이렇게요.

하지만 걱정 마세요. 여러분! 나비 세럼을 맞은 사람은 60세가 될 때 완전히 변태하게 된답니다.

호르몬 분비가 완전히 달라져요. 굉장히 강력한 엔도르핀과 함께 각종 다양한 성숙 호르몬이 단번에 온몸에 뿜어져 나오게 되죠. 나비 세럼을 맞은 사람들은 60세 전후로 정말 아름답고 멋지고 성숙한 몸으로 바뀌게 됩니다. 온몸은 열정으로 충만해지고 정신은 강력한 정열로 불타오르게 됩니다. 가장 활발히 놀고, 온갖 예술에 빠져들죠. 자신을 표현하고 발산하고, 온힘을 다해 짝을 찾으며 밤낮으로 즐기고 싶어지는 거예요. 그렇게 매일 밤 화려한 시간을 보내면서 세상에 갖가지 신선한 생각, 경계와 고정관념을 박살 내는 놀라운 일들을 선보이는 시기이기도 하죠. 인생에서 가장 환희가 폭발하는 시기가 60세의 변태를 맞아 시작됩니다!

물론 이렇게 온몸을 바꾸기 위해서 몸에서는 지나치게 많은 영양분을 소모하게 되고, 뼈와 근육도 크게 손상되게 됩니다. 신경이나 뇌도 굉장히 많이 망가지죠. 먹지도 자지도 않고 삶을 즐기기만 하다 보니 대부분 이런 시간을 2년 정도밖에 보내지 못해요. 2년이 지나면 생명이 다하게 될 수밖에 없답니다. 사실 뭐 그렇잖아요. 일도 하지 않고 자제심도 절제심도 없이 모아 둔 재산을 펑펑 써 없애기만 하는데 그것 때문에라도 오래 버틸 수 없죠.

그렇지만 생각해 보세요. 그런 꿈과 같은 마지막 2년을 보내고 나면, 다들 자연스럽게 세상을 떠나게 된다는 것. 너무나 아름답지 않나요? 인생의 마지막 시기에 짝짓기를 거쳐 다들 쌍둥이, 삼둥이들을 낳고 나면, 그 아기들은 덤덤한 마음으로 꾸역꾸역 사회에 필요한 일을 하는 젊은이들의 공동체가 공동으로 기르게 되는 거랍니다.

어때요? 정말 멋지지 않나요? 나비의 지혜를 사람 사회에 도입하는 이 방법은 선진국 사회가 겪고 있는 수많은 문제를 해결하는 가장 혁명적인 방법으로 현재 대단한 인기를 얻고 있습니다. 청소년 범죄 문제에서부터 노인들이 너무 많아서 복지 비용이 많이 소모되는 문제까지, 수많은 문제의 해답이라고요. 지금 세계 17개국이 나비 세렴을 도입하고 있고, 그 나라들이 점점 다른 나라보다 빠르게 발전하고 있어요.

수억 년 전 나비들이 만들어 낸 멸종 극복의 지혜, 이제 우리들이 받아들일 때입니다!

_ 2023년, 목동에서

댓
이내짐
바킷

위기에 빠진 회사를 구하기 위한 아이디어 공모전에서 판교 캠퍼스의 직원이 최종 후보로 뽑혔다. 덕분에 직원은 마지막 우승자를 뽑는 비공개 임원 회의에 출석하게 되었다. 직원은 임원들과 대화하는 형태로 자신의 발표를 이끌어 나갔다.

"옛날 저승사자 전설 중에 저승사자가 실수하는 이야기 들어 보신 적 있으십니까?"

"부산 사는 김철수가 저승에 갈 때가 되어 잡아갔는데, 실수로 이름이 같은 서울 사는 김철수를 데려갔다가 나중에 염라대왕 앞에서 실수를 깨닫고 서울 사는 김철수는 다시 돌려보내 주었다, 뭐 그런 이야기 말인가요?"

"그렇습니다. 그래서, 그런 일을 겪은 사람이 내가 저승에 갔다가 다시 이승으로 돌아온 정말 몇 안 되는 사람인데 내가 보니까 저승은 이러저러하다는 식으로 이야기를 해 주는 내용이 많습니다."

"이곳저곳에서 들은 적이 있는 이야기 같아요."

"보통 이런 이야기는 저승의 운영을 거대한 관공서 같은 곳이 주도하는 것으로 묘사되어 있습니다. 그리고 저승사자는 거대한 관공서에서 일하는 공무원들입니다."

"그런 것 같네요."

"이런 내용은 전설이 생긴 옛날 조선 시대 사람들의 관념을 반영하는 겁니다. 조선 시대 사람들은 출세라고 하면 과거시험 쳐서 벼슬을 살면서 관공서에서 일하는 것이 유일한 길이고, 세상 모든 것을 관공서의 공무원들, 벼슬 하는 사람들이 지배하는 것이 너무나 당연하고, 그게 세상의 전부라고 믿었으니 말입니다."

"그럴듯하게 들립니다."

"그러다 보니까, 약간 더 발전되어서 이런 전설도 나왔습니다."

직원은 다음 화면을 보여 주었다. 그리고 그는 전설의 줄거리를 설명했다.

"어떤 사람이 저승에 행정 착오로 잘못 붙들려 오게 되었다. 그런데 이 사람이 너무 큰 실수를 한 것 아니냐고 피해를 주장하며 일 잘못한 거 상부에 일러서 다 엎어 버리겠다고 협박한다. 그러자 저승사자가 그 사람을 달래기 위해 슬쩍 저승의 명부를 조작해 준다, 이런 이야기요. 보통 수명이 육십(六十) 세라고 한자로 기록되어 있었는데, 십(十)자 한자에 획을 하나 더 그으면 비슷한 한자인 천(千)자로 바꾼다, 뭐 이런 식입니다. 그래서 수명을 육천 세로 고쳐 준다, 그래서 그 사람은 저승에 한 번 잘못 끌려갔지만 대신에 육천 살까지 살 수 있는 기이한 운명이 되었다, 이런 이야기인 거죠."

"글자를 슬쩍 고쳐 장부를 조작해 준다는 이야기네요."

"역시 부패한 조선 시대 말기, 삼정의 문란 시대를 표현하는 전설이라고 볼 수 있겠습니다."

"거기까지는 잘 이해했어요. 그런데 그게 어떻게 우리 회사를 구할 수 있는 아이디어가 된다는 거죠?"

"일단, 그 전설의 신뢰성을 한번 검증해 볼 필요가 있습니다."

"무슨 이야기인가요?"

"그런 전설이 진짜겠습니까?"

중역들은 조금 멈칫한 것 같았다. 약간 술렁이고 웅성이는 느낌이 있었다. 잠시 후 직원은 이야기를 이어갔다.

"저는 진짜라고 가정할 필요가 있다고 생각합니다. 이런 저승에 대한 생각은 많은 사람들 사이에 굉장히 많이 퍼져 있지 않습니까? 이런 형태의 저승 이야기를 그럴듯하다고 믿는 사람은 여전히 인구의 아주 많은 비율을 차지합니다."

"단순히 많은 사람들이 믿는다고 과학적 사실은 아니지 않을까요?"

"그렇지만 사업을 하는 입장에서는 많은 고객들의 믿음과 선호는 과학적 사실 이상으로 중요한 것입니다. VHS와 베타 비디오테이프의 경쟁 같은 것은 너무나 잘 알려져 있지 않습니까?"

연배가 높은 편인 중역들은 비디오테이프라는 단어가

나오자마자 일단 호감을 느끼며 직원의 이야기를 지지하려는 분위기였다. 그는 말을 이어 나갔다.

"그렇다고 보면, 저승에 대해 우리가 입수한 자료에 기초해서 최대한 합리적으로 현재 상황에 대해 분석을 해 볼 수 있을 것입니다."

"어떻게 분석을 한다는 거죠?"

"일단 쉬운 것부터 해 봅시다. 아까, 장부에 육십을 육천으로 바꾼다는 이야기를 했는데, 요즘도 그런 식으로 한자로 숫자를 표시하겠습니까? 21세기 시대에?"

"아무래도 아니겠죠."

"그러면 어떻게 표시하겠습니까?"

"아무래도 아라비아 숫자를 쓰겠죠."

"그렇습니다. 요즘에는 분명히 아라비아 숫자를 쓸 것입니다. 그러니까, 60과 6000이라고 쓸 것입니다. 요즘 시대라면, 육십을 육천으로 바꾸는 것보다는 0을 하나 슬쩍 더 쓰거나, 아니면 차라리 수명이 30세인 사람이 있었는데, 3자를 8자처럼 고쳐서 80세로 고친다는 이야기가 더 잘 먹힐 것입니다."

"그런데, 약간 이상한데요. 아라비아 숫자는 인도에서 개발되어 아라비아 사람들이 세상에 퍼트린 것인데. 요즘 아라비아 사람들은 거의 이슬람교를 많이 믿잖아요? 그런데 아라비아 숫자가 유교 사회에서 탄생한 한국식 공무원 사회로 표현되어 있는 저승에 등장한다는 게 좀 이상한데요.

더군다나 한국에서도 조선 말기나 되어서야 퍼지기 시작한 숫자 체계가 아라비아 숫자일 텐데."

"약간 그런 느낌을 받으실 수는 있습니다. 그렇지만, 저는 합리적 추론으로 그것이 가능하다고 생각합니다. 어차피 조선 시대의 저승 전설은 한글이 개발된 이후에 나온 것인데 그때에도 저승의 공무원, 저승사자들은 다 숫자를 표기하는 데 중국의 글자인 한문만을 사용하고 있었습니다. 저승에 대한 이야기 내적인 문화적 친숙함이 중요하다는 뜻입니다."

"조금 이해가 안 가는데요."

"정작 더 중요한 부분은 따로 있습니다."

"뭐죠?"

"옛날과는 달리 요즘 저승에서는 아라비아 숫자를 쓸 거라는 식으로 생각하면 옛날 전설에서 또 다른 이상한 점이 있습니다."

"뭘까요?"

"옛날 전설 속에서 저승사자가 좋은 게 좋은 거라고 관공서 장부를 조작하는 부패 범죄를 저지른다는 그 이야기에서, 저승사자는 무엇을 이용해서 그 작업을 할까요?"

"붓과 먹이겠죠."

"그렇습니다. 그렇다면 현대 저승의 저승사자, 지금 현재 저승의 관공서 공무원들도 붓과 먹을 쓰면서 일할까요?"

"그렇지는 않겠죠."

"그러면 장부를 뭘로 만들겠습니까?"

그러자, 그 장소에 있던 모든 사람들의 머리에 번개가 치듯이 강한 신경 전류가 소용돌이치며 다들 하나의 강렬한 단어를 떠올렸다.

"엑?셀?"

직원은 그 대답을 듣고 얼굴에 넘치는 미소를 떠올렸다.

"바로 그렇습니다. 현대의 저승사자들은 공무원들인 만큼 저승에서도 컴퓨터를 사용해서 업무를 볼 것이고, 그 저승의 공무원들도 역시 엑셀을 사용하지 않겠습니까?"

"확신할 수 있어요?"

"21세기의 저승사자들이 일할 때 컴퓨터를 쓴다는 것은 당연한 일입니다. 컴퓨터를 사용한다면, 분명히 그 컴퓨터에 OS가 설치되어 있을 것이고, 그 OS에는 응용프로그램들이 깔려 있을 겁니다. 어느 회사 OS가 깔려 있고, 어느 회사 응용프로그램이 깔려 있겠습니까?"

"글쎄요. 애매한데요."

"좀 더 나아가서 질문을 해 보겠습니다. 저승사자들이 사용하는 컴퓨터를 분해해서 뜯어 보면, 그 내부에는 어느 회사 CPU가 들어 있고, 어느 회사 RAM이 들어 있겠습니까? 아무래도 RAM은 한국 제품이겠습니까? CPU는 미국산인데 대만 파운드리에서 생산한 제품이겠습니까?"

"이승에서 저승으로 어떻게 납품한다는 건지, 공급망 문제를 잘 이해하기 어려운데요."

다시 중역들은 술렁거렸다. 중역 중 한 명이 외치듯이 질문했다.

"아무래도 저승은 저승이니 굳이 지상에서 CPU나 RAM 같은 부품을 만들어서 납품하지 않아도 알 수 없는 신비로운 힘으로 어떻게든 저승 컴퓨터 안에 설치되어 있는 형태 아니겠어요?"

"충분히 그렇게 생각해 볼 수 있을 것입니다. 그렇지만, 제품 자체는 신비로운 방식으로 설치된다고 해도, 컴퓨터라는 기계를 작동시키려면 그 작동하는 방식 자체는 전자적이고, 기계적이고, 수학적이고, 논리적인 방식으로 분명히 정해져 있어야만 모든 작동이 정상적으로 하나하나 잘 이루어질 것입니다. 저승에서 컴퓨터를 써서 작업을 한다면 자료의 한 비트, 한 비트가 컴퓨터 속 회로를 따라다니면서 다 잘 처리되어야 결국은 컴퓨터를 쓴 효과가 나타나는 것이지 않습니까? 그러니 저승의 컴퓨터도 최소한 폰노이만 구조에 따라서 설계되어 있을 것이고, CPU에서 사용하는 명령어들과 그 명령어들이 동작하는 설계 방식은 특정한 한 회사의 제품 방식을 따르는 방식일 수밖에 없습니다. 그래서 결국 거기에 딱 맞는 OS도 올리고, 소프트웨어도 올려서 돌릴 수 있을 것입니다. 만약 CPU가 엉성하고 이상한 방식이라면, 거기에 들어맞는 프로그램들을 돌릴 수 없으니 결국 엑셀을 돌릴 수 없게 됩니다."

중역 한 사람이 다급하게 외쳤다.

"엑셀은 반드시 돌릴 거라는 점을 어떻게 장담하죠?"

그는 대답했다.

"공무원이지 않습니까?"

"아! 그렇지!" 하는 탄성이 터져 나왔다. 중역 한 사람이 혼자서 충격 받은 듯 중얼거렸다.

"그렇다면, 저승사자가 쓰는 컴퓨터에서 둠을 돌릴 수 있단 말인가? 애초에 둠의 내용이 지옥에서 괴물들이 나타나 이승에 들어온다는 것인데, 지옥에서 둠을 돌리면 그 속에 나오는 지옥의 괴물들이 실제로 둠을 즐기는 지옥의 괴물들에 의해 퇴치될 수도 있단 말인가? 그래서 다들 둠을 돌린 건가? 이런 운명의 심판을 위해서?"

이후 직원이 발표를 이어가자, 듣던 사람들은 점차 웅성거리던 것을 멈추었다.

"바로 여기에 우리의 큰 사업 기회가 있습니다. 그리고 그 기회는 지금 이 순간이어야 합니다."

"어떻게 이게 사업으로 연결될 수가 있죠?"

"방금 말씀하셨듯이, 하드웨어는 신비의 힘으로 비슷한 것을 만들어서 똑같이 동작하는 것을 만들어 저승에서 사용하는 셋이라고 생각해 보면 이승의 회사들이 저승에 그 물건을 납품하고 팔 수는 없을 것입니다. 그것이 저승과 이승을 가로막고 있는 한계입니다. 이승의 물건은 저승으로 갈 수 없습니다. 어떤 혼백, 혼령, 정신 이런 것만 저승으로 갈 수 있습니다. 그러나, 우리는 소프트웨어 회사 아닙니까? 소프트웨어는 무형의 제품입니다. 음악이나 소설과 같은 것입니다. 저승에서 '테스형'이라는 노래가 울려 퍼지고 있으면, 이승의 나훈아 선생이 갖고 있는 저작권을 활용하는 행위가 분명히 저승에서도 이루어지고 있는 것입니다. 만약 저승의 공무원들이 엑셀을 사용하고 있다면, 적어도 엑셀과 동등한 프로그램이 사용되고 있다면, 이승에서 엑셀에 관한 권리를 갖고 있는 우리 회사에 그 권리가 있는 것입니다."

"그럴까요?"

"그렇습니다. 지상의 인구가 100억 명을 향해 나아가고 있는 지금, 저승의 혼령 숫자도 대단히 많을 것입니다. 그리고 그 많은 인구를 관리하는 수많은 저승사자들, 저승의 공무원들이 엑셀을 사용하고 있을 것입니다. 그 엑셀을 정당하게 사용하려면 어떻게든 우리 회사와 계약을 해야 한다고 해 봅시다. 이런 계약을 성사시킨다면, 우리는 이승의 전 세계 시장을 장악한 것 이상의 막대한 이익을 올릴 수 있습니다."

"그 정도일까요?"

"물론입니다. 한때 우리 회사는 세계 소프트웨어 시장을 거의 독점하고 엄청난 이익을 벌어들였습니다. 해커들이나 초보 프로그래머들이 우리 회사를 독점으로 돈을 끌어모으는 데만 혈안이 된 악의 제국이라는 식으로 몰아붙이던 옛시절도 있었습니다. 그렇습니다만, 요즘 우리 회사가 어디 그렇습니까? 그런 시절은 예전에 끝났습니다. IT 시장의 최강자들과 실리콘 밸리의 갑부들인 마크, 제프, 일론, 이런 사람들의 활약에 비하면, 우리 회사의 강력함과 거대함은 빛이 바랜 시대 아닙니까? 우리가 다시 누구도 노린 적이 없었던 이 거대한 저승 시장을 지배한다면 다시 한 번 과거와 같은 거대한 성장을 해낼 수 있을 겁니다."

"그렇지만 정말 가능할까요?"

"가능합니다. 그렇지만 그것을 가능하게 할 인물, 그분의 도움이 꼭 필요합니다. 그리고 그분께 도움을 요청할 시간은 바로 지금, 지금뿐입니다."

누구를 이야기하는 것일까? 모인 사람들은 순간 조용해졌다. 직원이 말을 이었다.

"바로 우리의 창업자, 초대 회장님이십니다."

다들 "그렇구나!", "그렇네.", "아" "맞아."라고들 외쳤다.

"창업자 회장님께서는 부모님께 받은 돈을 밑천 삼아 얻었던 텍사스 모래바람 부는 사무실에서 밤새워 프로그램을 손으로 직접 짜면서 직접 이 회사를 일구신 분입니다. 프로그램 만드는 것의 기본을 아는 분이십니다. 그리고 사람들이 불법복제, 소프트웨어 저작권이라는 것을 잘 생각도 못 할 시기에 소프트웨어를 팔고 돈을 벌고 시장을 차지하는 사업을 성공시켜 막대한 돈을 벌어들인 수완가이십니다. 그렇게 해서 부자 중의 부자, 갑부 중의 갑부로 수십년 간 세계의 눈길을 한몸에 받은 거인이십니다."

그는 조금 감정을 조절하듯이 한 박자 쉬었다. 그리고 말을 이었다.

"지금 창업자 회장님께서, 마침 위독하다고 하십니다."

장내는 엄숙해졌다.

"저는 이것이 한 생명의 끝이 아니라, 한 사업가가 아무도 개척하지 못한 새로운 시장으로 떠날 순간이라고 생각합니다. 맨손으로 저승으로 건너가셔서 프로그래밍, 협상, 홍보, 사업을 성사시켜서 저승의 공무원들에게 엑셀 판매 계약을 따내실 수 있을 만한 분은 바로 그분, 우리의 창업자 회장님뿐입니다. 지금 창업자 회장님께, 이 계획을 보고 하고 작고하시기 전에 저승에서 하셔야 할 일을 부탁드린다면, 저는 창업자 회장님께서는 그 누구도 감히 가 보지 못했던 새로운 시장으로 기쁜 마음과 기대를 가득 갖고 떠나시리라 장담합니다."

감동적인 박수 속에서 그의 발표는 끝이 났다.

발표가 끝나자, 임원 한 사람이 직원에게 다가와 다급하게 말했다.

"자네 발표 좋았어. 자네 아이디어가 최종 추천 아이디어로 채택은 안 될 수도 있겠지만, 설령 그렇다고 해도 나는 당장 그 사업을 추진해 보려고 해. 왜냐하면 그 아이디어가 다른 회사로 넘어가서 시장 선점을 빼앗기면 큰일이라고 생각하거든."

"마음에 쓰이는 경쟁사가 있으십니까?"

그러자 임원은 한숨을 푹 쉬며 말했다.

"생각해 봐. 저승사자 공무원. 저승에서도 공무원들이라면 가장 좋아할 프로그램이라면."

둘은 생각이 통한 것처럼 거의 동시에 같은 말을 중얼거렸다.

"HWP, 어떡할 거야?"

_2022년, 상암동에서

해장국으로 날아가는 비행접시

조사실에 들어 온 김 형사가 물었다.

"하시고 싶은 말씀이 꽤 많으신 것 같은데, 직접 그냥 처음부터 차례차례 말씀해 주시겠습니까?"

반대편에 앉아 있던 사람은 고개를 끄덕였다. 잠깐 머뭇거리는 것 같기는 했다. 그러나 시간이 흐르자 마음속에서 무엇인가가 정리된 것 같았고, 막상 말을 시작하자 막힘 없이 이야기는 이어졌다.

"제가 외계인을 처음 만난 것은 열한 살 때였어요. 아직도 정확하게 똑똑히 기억해요. 수민이라는 친구랑 같이 산 쪽으로 넘어가는 길 앞에서 놀고 있었는데, 그때 비행접시를 봤어요. 허공에 확실하게 보이는 둥그런 모양으로 비행접시가 나타났어요. 영화에 나오는 그런 비행접시랑 정말 비슷한 느낌이었는데, 색깔은 달랐어요. 영화에 나오는 비행접시는 회색이나 금속, 쇠 색깔 느낌이잖아요? 그런데 제가 본 비행접시는 전체가 빛으로 되어 있는 것 같은 느낌이었어요. 훨씬 신비했죠. 보자마자 저런 건 인간의 기술로 만들 수 없다는 생각이 들었어요. 거의 마법으로 만든 신비의 형체에 가까운 느낌이었죠. 그러면서도 영화나 만화에서 보던 비행접시랑 정말 닮았더라고요. 둥그런 모습인데 중앙 쪽, 사람이 타는 부분에는 좀 볼록 튀어나온 부분이 있는 그런 모양이요.

저만 본 게 아니에요. 저만 봤다면 제가 보지도 않은 걸 그냥 남들 관심 끌고 싶어서 봤다고 우기거나 아니면 잠깐 낮잠 자면서 꿈을 꿨는데 그 꿈을 진짜로 착각한 것일 수도 있었겠죠. 그게 아니면 제가 무슨 정신병에 걸린 걸 수도 있고요. 그런데 아니었다고요. 같이 놀던 수민이도 분명히 같이 봤어요. 어떤 모양을 봤는지에 대해서도 수민이랑 제가 본 것이 같아요. 수민이도 그날 UFO를 봤다고 몇 번이나 말했고요.

비행접시는 허공에 가만 떠 있는 것 같더니 조금씩 전후좌우로 움직였어요. 정확하지는 않지만 사람 타는 부분에는 어떤 아주 작은 모양도 얼룩덜룩하니 나타났다 사라졌다 했어요. 아마 외계인이 비행접시에 있는 창문으로 우리 쪽을 보고 있는 모습인 것 같았어요.

그러다가 갑자기 획하고 비행접시가 완전히 사라져 버렸어요. 어디로 빠르게 날아간 느낌하고는 또 달라요. 조금 흔들흔들 오락가락하는 것 같더니, 순식간에 팍하고 없어지듯이 획 가 버렸어요. 아무리 빠른 비행기라도 그렇게 움직일 수는 없죠.

저는 굉장한 충격을 받았어요. 주변 사람들에게 이야기했는데, 어떤 친구들은 같이 놀라면서 흥분하기도 했고, 어떤 사람들은 뭘 봤는지 좀 더 자세히 물어보기도 했죠. 관심 없는 사람들이 많기는 했어요.

그렇지만 그날 처음 비행접시를 보고 있던 그 몇 십 초 정도의 시간과 그 후, 내가 본 것을 돌이키던 그 몇 시간 동안의 열정적인 고양감은 대단했어요. 뛰어다닌 것도 아니고, 누구랑 싸운 것도 아닌데, 가슴이 막 빠르게 뛰고 머릿속이 온통 번쩍거리는 느낌이었죠. 엄청난 것을 만난 느낌이었어요. 이 세상에 발을 딛고 사는 사람, 동물, 식물 그런 것과는 완전히 다른 세상의 무언가가 잠시 나타나서 우리가 아는 세계를 초월하는, 너무나 신비롭고 진정한 고결함의 세계를 경험하게 해 준 것 같은 그런 느낌이었다고요. 마법의 세계가 잠시 제 주변에 와서 저를 휘감고 있다가 사라진 것 같았어요.

그날 밤에 저는 꿈을 꿨어요. 그게 꿈인 것은 맞아요. 그건 분명히 구분하죠. 그런데 꿈 치고는 너무 생생했어요. 내용도 분명히 기억이 났죠. 외계인들이 저에게 찾아와 말을 거는 내용이었어요. 지구를 관찰하고 지구인들에 대해 알고 싶어서 어떤 먼 외계 행성에서 지구를 찾아왔다고 했어요. 최대한 지구인과 만나는 것은 피하고 싶었는데, 모든 우주의 섭리 때문에 저에게는 모습을 보일 수밖에 없게 되었다고 했어요.

그 꿈 이야기는 남들에게 바로 말하지는 않았어요. 그냥 비행접시를 본 것 때문에 너무 흥분해서 꾼 개꿈일 수도 있잖아요. 그래서 그냥 저만 그 생각을 마음에 품고 있었어요. 그렇지만 그 들뜬 것 같은 느낌은 계속 이어졌어요.

저는 처음 비행접시를 봤던 그곳에 혼자 가서 그 형체를 다시 한 번 볼 생각을 했어요. 매일 오후마다 처음 비행접시를 본 곳에 가서 몇 시간 동안이나 그때 그 방향을 올려다봤어요. 심지어 그곳이 아니라도 혹시 또 비행접시를 볼지 모르니 시간 날 때마다 멍하니 하늘을 쳐다볼 때가 많았어요.

그런데 사흘 만에 또 비행접시가 나타났어요. 지난번이랑 굉장히 비슷한 모양이었어요. 비슷하게 나타났다가 비슷하게 사라졌죠. 이번에도 잠깐 아주 작은 형체가 오락가락하는 모습도 보였어요. 외계인의 모습이었어요.

그리고 이제는 제가 꾼 꿈이 개꿈이 아니라는 생각을 갖게 되었죠. 분명히 외계인이 나타난 게 맞았어요. 그리고 외계인이 제 꿈에 나타나서 말을 걸어서 저에게 자신들에 대해 알려준 거죠. 그러고 보면 그렇잖아요. 그게 말이 된다고요. 외계인이 지구인과 의사소통을 하고 싶다고 쳐 봐요. 외계인이 어떤 방법을 택할까요? 외계인이 전화를 걸어서 이야기를 하겠어요? 아니면 외계인이 한국어를 배워서 한글로 편지를 써서 보내겠어요? 외계인 정도 되는 기술을 갖고 있다면, 제 뇌 속의 정신에 직접 접촉해서 꿈의 형태로 저에게 뜻을 전달하는 게 가장 강력하면서도 가장 간편한 방법이겠죠.

저는 그때부터 이 이야기를 구체적으로 정리해 보기 시작했어요. 제가 무엇을 보았고 어떤 체험을 했는지 세밀하게 기록하기로 했어요. 글로도 정리하고, 간단한 그림도 그렸죠. 그런 내용을 나중에는 인터넷에도 올렸어요. 그 후로 몇 십 번이나 더 그곳을 찾아가서 외계인의 비행접시를 보려고 했지만, 그 비행접시를 다시 보지는 못했어요.

그렇지만 그 후에 아무 일도 없었던 것은 아니에요. 저는 계속 외계인에게 다시 나타나 달라고 빌었어요. 제 꿈 속에 나타날 수 있는 기술을 갖고 있는 외계인이라면 제가 강하게 품고 있는 제 마음 속의 정신 신호를 읽을 수도 있을 거 잖아요? 뇌파 같은 걸로요. 그래서 정말 정말 간곡하게 매일 아침, 매일 밤마다 그 외계인에게 다시 나타나 달라고 간절히 마음으로 부탁하고 또 부탁했어요. 정말 절실히 정신을 집중했다고요.

그러다 보면, 아주 가끔씩 꿈속에서 다시 그 외계인이 나타날 때가 있긴 했어요. 그러면서 짤막한 이야기를 해 주곤 했죠. 우리보다 그 외계인들은 훨씬 더 기술이 발달한 종족이에요. 그 외계인들은 우리 인간 종족에게 지금 가장 큰 문제가 무엇인지, 그 문제를 해결하려면 어떻게 해야 하는지, 모든 인류가 진정으로 새로운 경지에 도달해서 참된 행복의 세계로 가려면 어떻게 해야 하는지도 다 아는 종족이라고요.

물론 제가 그런 외계인의 경지나 그들의 뜻을 다 알지는 못해요. 제가 외계인들에게 엄청난 것을 배웠다고 하는 것도 아니고 모든 인류가 제 가르침을 따라야 한다고 주장하는 것도 아니고요. 제가 무슨 사이비 종교 지도자인 것도 아니잖아요. 저는 그저 잠깐씩 몇 번 외계인들과 더 소통을 하면서 아주 단편적으로 외계인에 대해서 접했던 것뿐이라고요. 저는 솔직히 그렇게 말했어요. 저는 이 일로 무슨 큰돈을 벌거나, 종교 같은 걸 만들 생각이 없어요. 전혀 없다고요. 그러면 사기죠.

저는 열한 살 때 외계인과 만난 그 사건이 우연이었는지, 아니면 외계인들이 어떤 기준에 의해 저를 선택했는지는 몰라요. 외계인들이 저를 선택한 이유가 있었을 수도 있겠죠. 제가 갖고 있는 어떤 특징이나 능력이나 아니면 조건 때문에. 그런데 그건 제가 모르죠. 저는 제가 가장 우월해서 선택되었다고 주장하는 사이비 종교 지도자는 아니라니까요.

그렇지만 외계인과 제가 그렇게 만난 이상, 분명히 저의 특별한 역할이 있을 거에요. 저는 세상에 외계인들이 있고, 우리보다 더 발달한 경지에 도달한 외계인들이 지구를 보고 갔다는 그 사실을 알아요. 정확하게 안다고요. 그러니까 일단 저는 그 일을 세상에 알려야 하겠죠. 그리고 분명히 그 때문에 제가 해야 할 일이 있을 거예요. 그 일은 인류의 역사에서 정말 중요한 일이죠. 우리가 상상도 못하는 우리 이상의 경지에 도달한 아주아주 먼 곳에 있었던 생명체를 만난 거잖아요. 어쩌면 인류를 넘어서서 지구의 모든 생명체들에게 생긴 일 중에서도 가장 중요한 일일 거예요. 가장 큰 변화인지도 몰라요. 저는 분명히 그런 일을 할 운명을 따르게 되어 버렸으니까요.

그래서 저는 외계인들에 대해 더 자세히 알기 위해 노력했어요. 외계인이나 비행접시나 UFO에 관한 글도 많이 보고, 책이나 다큐멘터리도 정말 많이 봤죠. 저는 이런 분야에 대해서 저만큼 지식이 많은 전문가도 별로 없을 거라고 생각해요. 한눈에 보기에 사기꾼 같은 사람들도 이 바닥에는 정말 많잖아요. 저는 심지어 비행접시로 착각할 만한 현상이나 비행접시를 부정하는 사람들이 쓴 글도 많이 읽었어요. 편견 없이 최대한 많은 것을 알려고 했으니까요.

그러면서 제 인생도 변했어요. 아주 어릴 때, 저는 변호사가 되면 좋겠다고 막연히 생각했거든요? 그런데 요즘 변호사라는 게 어떤 직업인지 아시잖아요. 그냥 돈 있는 놈들이 변호사가 되고 변호사가 된 뒤에 돈 있는 놈들을 위해 일하는 판이죠. 변호사가 되기도 어렵지만, 되어서도 더럽게 살아야 하는 판이잖아요. 나중에 보니까 그렇더라고요.

저는 어떻게든 변호사가 되는 길을 찾아서 몇 년씩 여러 가지로 도전했지만, 그냥 억울한 사람을 돕고 싶다는 순수한 마음만으로 변호사가 될 수 있는 건 절대 아니더라고요. 그리고 변호사가 된 뒤에도 그렇게 살 수는 없다는 걸 깨달았고요. 그래서 변호사가 되려고 고생을 진탕하며 보낸 세월이 허무하게 느껴졌어요. 결국 그쪽으로 뭐가 풀리지는 않았어요.

그렇지만 그게 무의미하다고 생각하지는 않아요. 그런 경험을 통해서 저는 세상에 저 같은 사람이 없고, 그 때문에 제가 전혀 다른 일을 할 수 있는 사람이라는 걸 깨달았거든요. 그 과정에서 저는 제가 외계인을 만났고, 그 엄청나고 특별한 체험을 했다는 사실의 세세한 부분들을 세상에 알리는 일이 제 삶의 핵심이라는 것을 알게 되었어요.

알고 보면, 돈 좀 더 벌고 남보다 조금 더 잘난 척하기 위해 세상의 수많은 사람들이 아웅다웅하며 사는 모습은 얼마나 유치하고 우스꽝스러운가요. 그런 건 정말 가벼운 문제라고요. 우주를 가로질러 다른 세상과 만나고 그렇게 해서 우주에 대한 관점을 바꾸는 우리 문명의 가장 핵심적인 일에 비하면, 돈 몇 푼 더 벌고, 누가 더 좋은 직장을 갖고 있고 어쩌고저쩌고하는 건 무의미해요. 경쟁사회가 만들어낸 환상이죠. 그렇게 경쟁에서 남보다 잘났다고 올라서는 게 중요한 게 아니에요. 저는 훨씬 더 중요한 일이 뭔지 알아요.

거기에 대해서는 확실히 깨달은 계기도 있었어요. 요즘 저는 생계를 위해서 전업으로 코인 투자를 하고 있거든요. 그래도 저만큼 이 바닥에서 오래 버틴 사람도 없어요. 그런데 저는 외계인들의 기술과 정보를 이용하면 코인 시세를 훨씬 더 정확하게 예측할 수 있을 거라고 생각했어요. 그래서 다시 외계인들과 의사소통을 하면서 코인 시세를 알아내려고 했어요. 그런데 그런 나쁜 목적으로 외계인들과 의사소통을 하려니까 안 되더라고요. 오히려 그 때문에 제가 외계인과 소통을 하고 있다고 착각하고 투자를 하다가 코인도 많은 손해를 봤어요. 그때 진짜 깨달았죠. 아, 코인 같은 내 욕심 차리는 일에 외계인을 이용하면 안 되는구나. 이건 훨씬 숭고한 일이구나. 중요한 일이구나. 그냥 돈 몇 푼의 문제가 아니구나.

어릴 때부터 지금까지 긴 세월이 흐르는 동안 저는 비행접시를 다루는 잡지나 언론이나 TV 프로그램 같은 데도 많이 나갔어요. 어떤 프로그램에서는 저를 정신병자 취급하기도 했고, 어떤 언론사는 그냥 비웃는 것만을 목적으로 저를 부르기도 했죠. 그렇지만 저는 참고 또 참았어요. 결국에는 그 사람들도 알아요. 제가 정말정말 희귀한 진짜라는 걸요. 그리고 방송이 나가고 언론에 소개될 때마다 사람들은 알겠죠. 제가 정말 대단한 체험을 했다는 걸요.

차차 세월이 흐르는 사이에 저는 한국에서 외계인에 관심 있는 사람들 사이에서는 꽤 알려지게 되었죠. 그리고 저는 그 비뚤어진 의심쟁이들이 내어놓는 모든 지적을 다 무너뜨렸어요. 제가 본 비행접시가 착각이니, 속임수니 하는 생각을 다 부정했다고요.

어떤 사람은 제가 밤에 비행기 불빛을 잘못 보고 비행접시라고 생각했다고 추측했는데, 저는 밤이 아니라 낮에 비행접시를 봤어요. 구름이 조금 있긴 했지만 그래도 햇빛이 강한 날이라서 모든 형체가 아주 선명히 보이는 날이었죠. 어떤 사람은 제가 하늘을 떠다니는 기구나 풍선을 착각했다고 말했지만 제가 본 비행접시의 움직임은 절대 기구나 풍선이 흉내낼 수 없는 빠른 속도였어요. 그런 식으로 저는 모든 비행접시 부정 이론을 다 무너뜨렸어요.

그랬기 때문에 저는 가장 믿음직한 비행접시를 만난 사람으로 등극했죠. 그래서 제가 온갖 유튜브 채널이나 인터넷 방송에 정말 많이 출연할 수 있었던 거예요. 아마 형사님도 제가 '부자상식억억튜브' 채널에 출연한 영상은 보셨을 거예요. 그거 조회수가 80만도 넘게 나왔거든요. 아무도 제 비행접시를 깨뜨리지 못했어요. 저는 정말 진짜였거든요. 거짓말이 아니었어요. 유명해지려고 과장한 것도 아니고, 관심 받으려고 사기친 것도 아니거든요. 저는 정말로 제가 본 것만 정직하게 말했어요. 진짜 비행접시일 수밖에 없죠. 제가 외계인을 만나 인생을 완전히 바꾼 체험은 정말 특별했다고요. 다른 수많은 사람들의 인생도 제 이야기 때문에 바뀔 거라고요.

나중에는 외계인이나 비행접시에 관심 많은 사람들이 저에게 조언을 구하기 위해 초청하는 경우도 있었고, 길가다가 만난 사람들이 알아보고 사인을 해 달라는 경우도 있었어요. 그 사람들 중에는 확실히 좀 이상한 사람들도 있긴 했어요. 그런 사람들이 이 바닥에 많긴 하죠.

그렇지만 저는 선을 정확하게 그었어요. 그렇게 냉정하게 생각해 보니까 저에게 일어났던 일이 얼마나 대단한 일인지, 제가 살면서 해야 하는 가장 절실한 일이 뭔지 더더욱 잘 알겠더라고요. 우리가 사는 이 사회에서 이 많은 사람들이 그저 돈, 돈, 돈, 명예, 명예, 명예, 나 잘났네, 너 잘났네 하면서 다투면서 살잖아요. 그러나 그런 건 무의미하고, 더 높은 차원의 세계가 있다는 것을 알아야 하는 거죠. 그걸 제가 경험한 특별한 체험에 대한 이야기로 아주 널리 널리 모든 사람들에게 알리는 게 가장 중요한 거고요.

　그것만 된다면 제가 돈을 적게 벌거나 볼품없이 사는 게 중요하지는 않아요. 저의 이런 말에 공감하는 사람들도 많았어요. 점점 늘어났죠. 그래서 제가 점점 큰 무대에 서서 제 체험과 외계인을 만난 이야기를 공유할 기회도 많아졌어요. 제가 무슨 일을 하고 있는지, 제 선한 영향력이 무엇인지 스스로도 정말 잘 알겠더라고요."

　김 형사는 그 말을 듣고 고개를 끄덕거렸다. 그리고 사건 기록의 날짜와 시간을 다시 한 번 확인한 뒤 물었다.

　"그러고 나서, 송병규를 살해한 것은 언제였죠? 숨어 있다가 송병규가 길을 걸을 때 습격해서 둔기로 공격하셨죠? 송병규는 즉사했고요."

　잠시 아무 말도 없는 시간이 이어졌다. 아까보다는 좀 더 긴 시간이었다. 그러나 곧 답을 들을 수 있었다.

　"어젯밤이었죠. 지식 퍼포머 송송송으로 활동하는 사람.

그 사람 본명이 송병규인가 그렇죠. 정말 할 일 없는 어릿광대 같은 사람이에요. 어디 인터넷에서 읽어 본 지식을 혼자 먼저 떠들어 대는 게 대단한 재주인 줄 아는 사람이에요. 별 대단한 재주도 없는, 자기가 뭐라도 되는 줄 아는 그런 사람이라고요.

송송송이 어떤 과학자인가 조사관인가 하는 사람하고 무슨 영상에서 나와서 이런저런 이야기를 하다가 그러더라고요. 자기가 제 비행접시 사건을 반드시 깨겠다고요. 그래도 과학자인가 조사관인가 하는 사람은 목격담을 분석해 볼 때 거짓말을 했다고 볼 만한 결정적인 이유가 없다고 했어요. 그 사람의 목격담 속에 등장한 물체의 움직임도 분명히 사람이 만든 비행체의 움직임일 수는 없다는 게 확인이 되었다고 했거든요. 그리고 두 사람이 본 사건이고, 두 번 이상 목격된 사건이기 때문에 분명히 환각이나 꿈이 아닐 거라고 했어요. 두 눈으로 본 사건이 맞을 것 같다고 했다고요.

그런데도 송송송은 어떻게든 그 사건을 자기가 깨뜨려 보겠다는 거예요. 그러면서 제가 그 비행접시를 목격한 그 날짜와 그 주변 기간 동안 그 지역 근처에 무슨 일이 있었는지, 무슨 변화가 있었는지를 샅샅이 전부 조사하겠다고 하더라고요. 그러면서 일주일 후에 다시 만나자고 그 영상에서 말했죠. 그 영상을 보고 저는 확 끓어올랐죠. 그렇지만 같잖다고 생각했어요. 저는 이번에도 자신이 있었어요.

그런 식으로 제 비행접시를 깨 보겠다고 하다가 결국 굴복한 사람들이 한둘이 아니었어요. 송송송 저 녀석까지도 나한테 무너지겠구나. 너도 내 발밑이라고 생각했죠. 과거에도 많았거든요. 하물며 하찮은 송송송 같은 아무도 아닌 사람 따위야 절대 제 상대가 아니라고 생각했죠.

일주일이 지났어요.

그런데 그다음 회 영상을 보니까, 송송송이 그러더라고요. 확실히 그때 비행접시가 나타났던 지역에서 하늘에 뭘 날리는 것 같은 특별한 행사는 없었던 것으로 확인되었다고요. 그럴 줄 알았어요. 과학자는 역시 신기하다고 했어요.

그런데 송송송이 그러고 나서 말한 게 뭐냐면, 유일하게 그 무렵 생긴 변화가 그 근처에 해장국을 만들어서 판매하는 공장이 하나 생긴 거라고 하더라고요. 그런데 송송송 이놈이 그러면서 실실 웃는 거예요."

"해장국이라면, 먹는 해장국 말입니까?"

"맞아요. 그러면서 뭐라고 하는 줄 알아요? 그 해장국 공장이 지금은 문을 닫았지만, 거기서 일하던 사람을 찾아서 그때 해장국 공장 사진을 찾았다고 하는 거예요. 저는 처음에는 웃기려고 무슨 황당한 소리를 하는 건가 싶었어요. 아니면 해장국 공장 직원에게 비행접시를 봤는지 못 봤는지 물어보고 공장 직원이 비행접시를 못 봤다면 비행접시는 진짜일 가능성이 낮다는 얼토당토않은 헛소리를 하려는 건가 생각했죠.

그런데 송송송 그놈이 해장국 공장 직원을 만나서 그 공장의 옛날 사진을 구했어요. 그리고 그 사진을 자세히 보여주더라고요. 그런데 그 사진을 보면 커다란 스테인리스강으로 된 솥이 있었어요. 그걸 짚더라고요. 그러고 나서 뭐라고 하는지 아세요?

그 쇠로 된 솥이 굉장히 크기 때문에 설치하려면 공장 지붕을 열어 놓은 상태에서 크레인으로 들어서 설치를 했을 거라는 거예요. 그런데 그 솥이 스테인리스로 되어 있기 때문에 은빛으로 반짝반짝 광택이 나거든요. 은빛 거울처럼 된다는 거죠. 더군다나 솥이 오목한 모양이기 때문에 빛을 모으는 역할을 한대요. 그래서 솥을 공장에 설치한다고 이리저리 움직이다가 각도가 맞을 때 햇빛을 받으면 햇빛을 반사해서 강한 빛을 하늘에 보내 줄 수 있대요. 그리고 그게 우연히 구름에 비치면, 구름에 둥그런 햇빛 모양이 생긴다는 거예요. 햇빛이 들어올 때 시계나 손거울을 들고 있으면 거기에 반사된 빛이 천장이나 벽에 비칠 때가 있잖아요. 그런 것처럼요.

그리고 해장국 공장의 솥의 모양을 고려하면 빛이 모이는 부분이 있어서 비행접시 중앙에 볼록 튀어나온 부분처럼 보일 수 있다고 하더라고요. 공장에서 작업하는 사람이 솥을 설치하면서 망치나 렌치를 들고 작업하고 있으면, 그림자가 생겨서 그 빛이 구름에 반사된 모양에 조그마하게 어른거리는 무늬가 생길 텐데, 그게 꼭 외계인이 비행접시

안에서 움직이는 모습처럼 보일 거고요. 그때 공장에 그런 큰 해장국 끓이는 솥이 두 개 설치되어 있었대요. 그러면 공사를 두 번 했을 거고, 그렇기 때문에 두 번 빛이 비쳐서 비행접시를 봤다고 착각했을 거라고 하더라고요.

그리고 그놈이 뭘 했냐면, 그때 공장에 있었던 것만한 스테인리스강으로 만든 커다란 솥을 어디서 구해 와서 실험을 했어요. 마침 하늘에 구름이 좀 끼어 있어서 그쪽 방향으로 요리조리 솥을 움직여서 빛을 비췄어요. 그리고 영상으로 그 모습을 찍어서 보여 줬어요.

그런데 뭐가 보였는지 아세요?

제가 정말, 간절하게, 딱 한 번만 더 보고 싶다고, 평생 한 번만 더 나타나서 저에게 마지막으로 보여 주고 알려 주면 좋겠다고 생각했던 모습, 그 형체, 그때 보고 죽어도 잊지 못할 것 같다고 생각했던 그 모습이, 정말 똑똑히 정확하게 그 모습 그대로 나타나더라고요."

마지막으로 한 번 더 말이 멈추었다. 한숨을 길게 쉬는 소리도 이어졌다.

"어떻게 할지 모르겠더라고요. 견딜 수 없었어요. 정말 견디기 어려웠어요. 그러다가 생각이 정리되었죠. 어떻게 그런 녀석을 살려 둘 수 있겠어요. 이건 해결을 해야 한다는 생각이 치밀었어요. 그래서 그런 일을 할 수밖에 없었던 겁니다.

어떻게 그렇게 이야기할 수 있어요? 하다 못해 군사 목적의 특수한 비밀 전투기가 있었는데 그걸 제가 그때 우연히 보고 착각했다고 하거나, 아니면 그날 인공위성이 우주에서 아주 낮은 확률의 우연으로 독특하게 추락했는데 그게 아주 희귀하고 특별한 현상을 일으키는 바람에 제가 본 모습이 생겼다고 설명할 수도 있었잖아요. 그런데 해장국이라니요. 술 취한 아저씨들이 먹는 싸구려 해장국 만드는 공장의 솥이잖아요. 어떻게 그럴 수가 있어요. 어떻게 그냥 해장국일 수가 있냐고요."

_ 2024년, 김해공항에서

꿈수치
대
훔썰귀

공수처의 장영란 수사관은 드라큘라가 생각보다 부실해 보인다고 생각했다.

"드…라큘라 선생님?"

장영란 수사관이 물었다.

"네."

드라큘라는 생각보다 다소곳이 대답했다. 장 수사관이 다시 물었다.

"드라큘라면, 드 씨예요?"

"네?"

"성이 드 씨냐고요."

"아니요. 드, 라, 큘, 라가 전부 다 다 성입니다."

"성이 네 글자나 돼요? 그러면 한국에서 살기 힘들지 않아요? 제갈, 독고, 선우, 뭐 그런 두 글자짜리 성은 한국에 좀 있어도 네 글자 성은 없을 텐데. 인터넷에서 뭐 가입할 때 성이 네 글자면 입력도 잘 안 되고 그렇잖아요."

"네, 그렇긴 합니다."

"평소에 고생 많이 하셨겠네."

"뭐, 그렇죠. 한국 사람들 마늘도 많이 먹고 하니까."

"아, 그렇네. 마늘 냄새 나면 싫어하시죠?"

"죽을 것 같습니다."

장 수사관은 '죽을 것 같다는 과장법은 당신 처지에는 좀 부적절하네.'라고 속으로 생각했다. 그래도 장 수사관은 분위기상 드라큘라가 한 말에 맞장구를 좀 쳐 주기로 했다.

"맞아요. 마늘 곁에 있으시면 위험하니까 아무래도 김치 공장 같은 데 근처에는 절대 가시면 안 되겠네요."

"사실 길거리에도 김치찌개 가게 같은 것이 많이 있지 않습니까? 그 냄새가 확 풍겨오면…."

"군침 돌죠. 맛있는 냄새."

"아니, 김치찌개 가게 옆에 우연히 지나가다가 거기 섞여 나오는 마늘 냄새 때문에 갑자기 어지러워져서 쓰러질 때도 있고 그렇습니다. 그러면 동네 사람들이 신고해서 119에 실려 갈 때도 있고요."

"사람들이 그렇게 착해요? 길에서 사람이 쓰러지고 그러면 막 신고해 줘요?"

"아무래도 제가 혈색이 좀 안 좋은 편이다 보니, 그냥 살짝 휘청해도 좀 동정해 주시는 것 같습니다."

"길 가다 조심하셔야겠네. 김치찌개 가게."

"네, 그렇습니다. 고깃집도 조심해야 하고요."

"고깃집? 고깃집은 왜요? 마늘, 십자가 무서워하시는 거 아니었어요? 고기도 무서워해요?"

"그런 건 아닌데, 한국 고깃집에서는 마늘을 같이 굽지 않습니까. 그래서 고깃집 환풍구에 항상 그 냄새가 같이 나옵니다."

"그래, 맞아. 왜 마늘을 그렇게들 굽는 거지?"

장영란 수사관은 그렇게 말하며 서류를 앞뒤로 뒤적거렸다. 서류에 기록된 내용은 들어오기 전에 대강 짐작한 내용과 크게 다를 바 없었다.

"이번에 대형 마트 쪽으로 갔다가 거기 사람들한테 수상한 모습을 보여서 여기저기 신고 들어가고 그렇게 되다가 붙잡혀서 여기까지 오셨죠?"

"네. 맞습니다."

"대형 마트에는 왜 가셨어요? 사람 많은 데에서 범행 대상 물색하려고 가셨어요?"

"아, 아닙니다."

"너무 기분 나쁘게 생각하지 말고 들으세요. 선생님, 전과가 좀 있으시잖아요?"

"아닙니다. 전과라고 지금 말할 수 있는 것은 딱히 없습니다. 루마니아에서, 정말… 예전에, 정말 아주 예전에 사건이 좀 있었습니다만, 워낙 옛날이라서 공소시효는 다 끝났고요."

"영국은? 원래 영국에서 사고 좀 치셨잖아요?"

"네, 뭐 그런 적이 있기는 있었는데, 사실 그것도 워낙 옛날 일이지 않습니까? 반 헬싱 교수랑, 뭐 서로 쌍방폭행이다, 그런 식으로 좀 정리되고, 또 세월도 흐르고, 뭐 그러면서 법적으로는 이제는 다 없는 일로, 네, 그게, 쌍방과실인 부분도 있고 그렇고 하니까, 그렇게."

"그래요? 쌍방이다? 그럴 수도 있겠네. 영국 법은 워낙 다르니까."

장영란 수사관은 다시 서류의 앞뒤를 살피며 전과 기록이 있는지 보았다. "반 헬싱은 반 씨인가? 거제 반 씨야?"라고 작은 목소리로 중얼거렸다. 그러다 다시 물었다.

"그럼 대형 마트에는 왜 가신 거예요?"

"꼭 대형 마트에 가려고 간 것은 아니고요. 거기 신도시 쪽으로 나섰다가 갑자기 너무 힘들어져서요. 실내로 피할 곳이 필요했습니다."

"왜요? 그쪽 거리에는 딱히 무슨 김치찌개 집 같은 거 없던데? 마늘 밭도 없고. 고깃집이 많았나?"

"그게 아니고, 교회가 너무 많아서요."

"교회?"

"교회 건물에는 십자가를 크게 달아 놓지 않습니까? 제가 거기에 또 너무 약해서요."

"아, 아, 그렇지. 십자가."

"네, 그래서 그것 때문에 너무 힘들고 쓰러질 것 같아서 급하게 십자가 안 보이는 아무 곳으로나 피하려다 보니까 황급히 근처에 있는 마트로 들어갔습니다."

"근데 거기 근처에 교회는 좀 떨어져 있지 않아요? 그렇게 교회가 가깝지도 않잖아요?"

"한국 교회는 십자가에 네온사인처럼 생긴 전기등을 달아서 밤에 빨간색으로 빛나게 해 놓잖아요. 그래서 멀리서도 정말 잘 보입니다. 특히 거기가 새로 생긴 신도시다 보니까, 교회들끼리 뭔가 세력다툼이랄까, 그런 게 있어서 갑자기 교회들이 많이 생겼거든요. 그러니까 서로 좀 교회를 알려야겠다, 돋보이게 해야겠다 그런 것도 있고요."

"세력다툼이라기보다는 나름대로 그분들도 선의의 경쟁이죠."

"네, 뭐, 그렇다면 그렇습니다."

"그런데 그 정도로도 그렇게 위험해요? 십자가를 멀리서만 봐도 막 움찔하고 그런가?"

"네, 약간 심장이 덜컥 내려앉는다고 할까. 그런 느낌입니다."

"이해를 잘 못하겠네."

"수사관님, 왜 공포 영화 볼 때나, 인터넷에서 무서운 글 읽을 때, 갑자기 무서운 귀신 모습 같은 게 확 튀어나오면 갑자기 놀라고 무섭고 머리카락이 쭈뼛 서고 심장이 확 오그라들고 그렇지 않습니까?"

"그럴 때 있죠."

"제가 십자가 볼 때도 약간 그 비슷한 기분입니다."

"신기하네. 그런 기분을 어떻게 알아요?"

"저도 가끔 공포 영화나 인터넷에서 무서운 영상 같은 거 보면 놀랄 때 있기는 하거든요. 그래서 그런 느낌이 어떤지 아는데, 그게 그 느낌이랑 비슷합니다."

"선생님도 공포 영화 보면 무서워요?"

"아무래도 흡혈귀 나오는 것들은 좀 우습고 같잖다는 느낌이 들 때가 많습니다. 그런데 공포 영화라는 게 워낙에 여러 형태가 있지 않습니까? 파운드 푸티지, 그런 쪽은 좀 무섭더라고요."

"이상하네."

"호랑이나 사자나 다 같은 맹수입니다만, 사자가 덤벼들면 호랑이도 무섭지 않겠습니까? 그런 원리라고 생각하시면 되겠습니다."

"그래도 좀 그런데요. 정말 멀리서 교회 십자가 표시만 봐도 그렇게 놀라요?"

"네, 그렇습니다. 한국에서 그런 걸 정말 많이 봐서 약간 공황장애도 생겼습니다."

"공황장애, 정확하게 진단 받은 건 아니죠?"

"네, 진단 받은 건 아니죠."

"진단도 안 받고 대충 넘겨짚어서 그렇게 뭔가 있어 보이는 정신의학 용어 함부로 쓰고 그러면 안 되지."

"유의하겠습니다."

"그럼 십자가 때문이라는 거 사실이 아닌 거 아니에요?"

"아닙니다. 십자 모양에 제가 정말 약해서요. 교회 십자가뿐만 아니라, 한자로 열십자를 써 놓은 것을 봐도 좀 놀라고요. 어떻게 말씀을 드려야 될까요…. 제가 예전에 중립

국이 살기가 좋다고 해서 스위스로 가려고 했었거든요. 복지 제도도 잘 되어 있다고 하고요. 그런데 스위스 국기가 십자 모양이지 않습니까? 그래서 거기 국경 통과라든가 관공서 가기가 너무 힘들 것 같았습니다."

"그 정도예요?"

"사실, 제가 몇 년 전에 살던 동네에서 옆집에 살던 애들한테 정체를 들킨 적이 있습니다. 걔네들이 제가 십자가에 얼마나 약한가, 강한가 이것저것 실험을 했습니다. 그러더니 어느 날 갑자기 저희 집에 흉기를 들고 쳐들어와서 저를 공격했습니다."

"선생님, 이런저런 능력 있으시잖아요. 그런데 한국에 무슨 총기가 있는 것도 아닌데, 기껏해야 애들이 흉기랄 게 뭐 있었겠어. 쇠파이프나 망치 같은 거 들고 덤비는 애들 몇 명을 선생님 같은 분이 못 막아요?"

"걔네들이 십자 드라이버를 들고 덤비더라고요."

"아이고, 쯧쯧."

진심인지 연기인지 장 수사관은 혀를 끌끌 찼다.

"어쩌다 한국에 오셔 가지고."

"그래도 장점은 많이 있습니다. 제가 낮에 잘 활동을 못 하는데, 한국에는 밤 늦게까지 하는 가게도 많고, 24시간 편의점도 많고, 그래서 일상생활은 이것저것 편리한 점이 많더라고요."

"그건 그렇겠네."

"네, 그렇습니다."

"그런데 선생님, 아무리 그래도 사실 사고를 치시기는 치셨죠? 기본적으로 의식주가 해결되셔야 하는데, 선생님이 이런 낯선 동네에 와서 어떻게 사셨겠어. 선생님이, 그… 뭐냐…."

장 수사관은 말을 좀 끌다가 겨우 이어서 말했다.

"식습관 문제가 있으시잖아요?"

드라큘라는 그 질문이 나올 줄 알았다는 듯 고개를 끄덕거렸다. 그리고 한숨을 푹 쉬더니 그간 못했던 이야기를 털어놓았다.

"정직하게 말씀드리자면, 그것 때문에 한국에 왔습니다."

"뭐 때문에요?"

"식습관 말씀입니다."

"식습관?"

"네, 제가… 아시잖습니까? 저도 먹고 살기 위해서 어쩔 수 없이 먹어야 하는 필수 영양소가 있는데, 그 식재료가, 그, 아무래도 좀 거시기한 거지 않겠습니까?"

"거시기하다고요? 야, 선생님, 완전 한국 사람 다 됐네."

"감사합니다."

"무슨 감사는… 그래서요, 식습관하고 한국하고 무슨 상관인데요?"

"한국에는 선지국을 팔지 않습니까? 그런데, 그게 제가 먹어야 되는 필수 영양소가 담긴 식재료로 만드는 것입니다. 그리고 순대에도 그런 영양분이 많이 들어 있습니다."

"아, 그렇구나."

"아무래도 선지국은 해장국으로 많이 팔다 보니까, 특히 밤에 장사하는 곳도 많고 그래서 먹기가 참 좋았습니다. 순대도, 피순대 종류는 정말로 참 입에 잘 맞습니다."

"그러시구나."

"그렇습니다. 요즘 세상에 사실, 제가 혼자 뭐 박쥐로 변신하고, 힘 좀 세고, 뭐 그렇다고 해서 어떻게 계속 범죄를 저지르면서 살겠습니까? 어지간한 나라에서 그런 짓 하다가는 경찰에서 출동할 것이고, 기관단총으로 무장한 SWAT 팀이 섬광탄 같은 거 던지면서 집중사격하며 공격하면 버텨내기가 불가능합니다. 제가 또 섬광탄 같은 데는 약하니까. 괜히 큰 사고쳤다가, 군에서 출동해서 공격헬기가 출동해서 적외선으로 추적하면서 헬파이어 미사일 같은 것으로 공격하고 그러면 제가 박쥐로 변신해서 도망갈 수 있다고 해 봐야 무슨 소용이 있겠습니까? 말뚝을 박는 대신에 음속으로 날아오는 미사일을 막 날리는 게 요즘 세상입니다. 그래서 뭔가 합법적으로 살아야 될 방법을 찾아야겠는데, 간편한 방법을 찾다 보니까 한국이라는 나라에 오게 되었습니다."

"용하시네. 한국에서 선지국을 파는 걸 잘 아시고."

"제 이야기를 다룬 소설 중에 브람이가 쓴 것 있지 않습니까?"

"부람이가 누구에요? 최불암 선생님 말씀하시나?"

"아니, 그 브람 스토커라고 소설 『드라큘라』 쓴 작가 있잖습니까?"

"아, 옛날 영국 작가인가?"

"아일랜드 작가입니다. 브람이가 쓴 소설에 잠깐 조선이라는 나라에 갔다 왔다는 등장인물이 나오는 대목이 있습니다. 그래서 예전부터 관심이 있었습니다."

"진짜예요? 『드라큘라』에 조선이 나오는 거?"

"언급은 되어 있습니다. 진짜로."

"신기하네. 그런데 자기가 나온 소설을 그렇게 꼼꼼히 또 자기가 읽어 보세요?"

"뭐, 모니터링은 해야 하니까요."

"그래서, 선지국 먹고 살려고 한국에 왔고, 여기 와서는 별 이상한 짓 안 하고 착실하게 살았다, 그런 말씀이시다?"

"그렇습니다."

장 수사관은 잠깐 눈을 감더니 몸을 뒤로 뉘였다. 믿는 눈치인지 못 믿겠다는 눈치인지 알 수가 없었다. 지루할 정도로 한참 그 상태로 시간을 끌었다.

그러다 다시 갑자기 질문했다.

"워낙 태생적인 전문가시니까 물어보는 건데, 선지국, 어디 선지국이 제일 맛있어요? 정말로 청진동 그 집이 제일 맛있어요?"

"글쎄요. 딱 잘라 말하기는 좀 그렇습니다. 아무래도 저는 루마니아 사람 입맛입니다. 그리고 저는 맛보다는 재료의 신선도를 중요하게 칩니다. 그걸로 정말 먹고 살아야 하는 입장입니다."

"그렇구나…."

장 수사관은 다시 서류를 뒤적거리며 뭔가 골똘히 생각하는 듯했다. 그리고 물었다.

"아까 이야기로 다시 돌아가서, 그래, 주위에 교회 십자가 표시가 너무 많아서 깜짝 놀라서 마트로 들어갔다, 거기까지는 그렇다치고. 그리고 마트에서는 왜 기절하신 거예요? 마트에서 누가 마늘을 굽고 있었나? 그런 건 아닐 거 아니에요? 마트 안에도 교회가 있었나? 그럴 수는 없을 텐데. 법으로 금지되어 있던가? 왜 그러신 거예요?"

"그게, 왜 그렇냐면…."

드라큘라는 좀 쑥스럽고 부끄럽다는 듯이 대답을 망설였다. 장 수사관이 드라큘라의 표정에서 무엇인가를 포착하고 드라큘라 쪽으로 다가가며 말했다.

"선생님, 그냥 다 털어놓아 주세요. 저희들한테 그냥 솔직히 다 말씀해 주시는 게 제일 좋습니다. 저희만큼 이런 이상한 사건을 무리 없이 푸는 데가 없어요. 처음에는 저도 공수처 수사관이 되었을 때, 제가 무슨 흡혈귀 상대하고 이럴 줄 알았겠어요? 워낙에 공수처에서 다루는 사건들이 미묘하고 특수하고 비밀리에 수사해야 하는 사건들이 많다 보니까, 저희 수사팀에 이상한 사건들이 잘 몰리거든요. 특히, 제가 속한 이 공수처 비공개수사전담 3팀 같은 경우에, 정말 아무 수사 기관에서도 절대 공개 못 하는 이상한 사건 중에서도 가장 이상한 사건만 배당됩니다. 저희들이 이런 사건은 제일 잘 처리해요."

그 말을 듣고 드라큘라는 뭐라고 말을 하려다가 멈칫했다. 그리고 드라큘라는 딴 이야기를 꺼냈다.

"그런데, 수사관님, 제 사건은 고위공직자하고는 크게 상관은 없는 것 아닙니까?"

"선생님, 선생님 성씨가 드 씨가 아니라고 했죠? 드라큘라 씨라고 했죠?"

"네, 맞습니다."

"그러면 사람들이 선생님을 뭐라고 불러요? 그냥 드라큘라 씨 이렇게 불러요? 드라큘라 형 이렇게 불러요? 뭐라고 불러요?"

"드라큘라 백작이라고…."

"그렇죠, 백작. 근데 백작이면 고위직 아닙니까?"

드라큘라는 크게 놀라는 표정을 지었다.

"그게 그렇게 되나요?"

"몰라요, 저도. 민주공화국에서 백작이 고위직인지 뭔지, 제가 어떻게 압니까? 근데 저희 비공개수사전담 3팀이 별별 이상한 사건을 다 맡다 보니까, 이제 뭐 좀 이상하다 싶으면 저희들한테 다 떠넘기고 그래서. 또 공무원 사회가 좀 그렇지 않습니까? 저희가 신생 조직이다 보니 다들 윗 기수 선배 공무원들이 아랫 기수 후배 공무원들에게 이상한 사건들은 다 떠넘기고 뭐 그런 식으로 굴러가니까. 하여튼 그래서 저희들이 선생님 사건까지 맡게 된 거예요."

"네."

장 수사관은 드라큘라의 눈을 정면으로 들여다보았다.

"선생님, 솔직하게 그냥 말씀해 주세요. 마트에서 왜 쓰러진 거예요?"

"그게요."

드라큘라는 결국 모든 걸 사실대로 털어놓기 시작했다.

"제가 십자가를 무서워해서 마트로 도망갔지 않습니까?"

"그랬다고 하셨죠."

"그런데, 마트에 딱 들어갔더니…."

"들어갔더니?"

"마트 안에, 무슨 원 플러스 원 행사를 한다는 전단지가 좌르륵 벽에 어마어마하게 붙어 있는데, 거기에 플러스 표시가 막 끝도 없이 있는 거에요. 그걸 보고, 정말, 너무, 너무 놀라서."

드라큘라는 지금도 그때의 기분이 남아 있는 듯한 표정이었다.

"그래서 실신을 하셨다?"

장 수사관이 말하자, 드라큘라는 그 핏기 없는 얼굴 어디서 그런 색이 나왔는지 얼굴을 붉히며 고개를 끄덕였다.

장 수사관은 이 정도면 그럭저럭 대강 앞뒤를 연결해 서류를 꾸밀 수 있을 거라고 생각했다. 과학기술정보통신부로 넘겨서, 사람 모양이 어떻게 단숨에 박쥐로 변신할 수 있는지, 그 유전자 변형에 관한 연구를 해 보는 데 협력하여 국가 과학 기술 발전에 이바지하라는 쪽으로 서류의 결론 부분 내용을 써야 할지, 아니면 문화체육관광부로 넘겨서 유령의 집 같은 테마파크 놀이기구, 혹은 공포 영화, 또는 공포 TV 프로그램의 재연 배우 등에 종사하는 것을 권유하는 방안을 결론에 써야할지, 그것은 좀 고민스러웠다.

 더 일처리가 간편하고 언론에서 덜 시끄러울 방법이 뭘까? 마지막으로 고민하는 와중에 잠깐 트림이 올라왔는데, 뒤늦게 생각해 보니 저녁에 마늘종 볶음을 먹었다는 것이 생각나 장 수사관은 드라큘라에게 진심으로 미안하다고 말했다.

_2021년, 여의도에서

본격적인 우주 시대가 시작되기 전까지, 양 과장이 진정으로 어떤 사람인지 알고 있는 사람은 아무도 없었다. 어쩌면 양 과장 스스로도 자기 자신에 대해 깨닫지 못하고 있었을지도 모른다. 평범한 공공기관의 평범한 직원이었던 양 과장은 평범한 경로를 따라 공공기관의 업무와 그 일처리 방식에 평범한 속도로 적응해 가는 평범한 사람이었다.

평범에서 어긋날 정도로 특이한 점을 하나 정도 골라 보라면, 양 과장이 갖고 있던 채식주의에 대한 강한 혐오와 그와 연결되어 있는 각종 동물 보호 제도에 대한 반발심 정도 아니었나 싶다.

양 과장은 동물을 보호하는 새로운 제도가 나온다는 소식을 들으면, 항상 인터넷에서 그에 반발하는 글을 찾아 읽는 것을 좋아했다. 예를 들어 그는, "동물을 보호하고 싶으면 동물 좋아하는 사람들이 자기 돈을 들여서 보호하면 됩니다. 지금 돈이 없어서 고생하는 가난한 사람들이 얼마나 많은데 그 사람들 도울 수 있는 세금으로 한낱 동물을 보호한다고요? 그게 말이 됩니까? 나한테서 걷어간 세금을 왜 그렇게 쓰나요? 가난해서 이웃이 굶어 죽든 말든 가난한 사람은 더럽다고 보기 싫어 하고 자기 강아지는 귀여우니까 비싼 돈 들여서 치장하는, 그런 옛날 로마 시대 귀족들하고 뭐가 다른가요?" 정도로 누군가 써 놓은 글을 무척 즐겨 읽었다. 하지만 그의 그런 특성조차도 이후, 그가 사회의 변화와 역사에서 차지하고 있는 놀라운 역할과는 아무런 관련이 없다고 평가받고 있기는 하다. 물론 양 과장은 그런 글을 읽으면서 "뜬금없이 로마 시대를 들먹이는 비유가 과연 정확한가." 하는 세세한 부분을 의심할 줄 알았으며, 또한 다만 그런 글을 즐겨 읽을 뿐 자기 스스로는 어떠한 의견도 공개적으로 개진하지 않는 노련함도 일찌감치 갖추고 있었다.

이후 우주 시대가 시작되었고, 양 과장은 그 변화에 따라 점차 다른 자리, 다른 일로 배치되었다. 그러면서 자기도 모르게 조금씩 다른 모습으로 일하게 되었다.

우주 산업에 더 이상 뒤처질 수만은 없다고 한번 떠들썩했던 그 시절을 기억해 보자. 국회의원, 장관, 각급 공공기관, 텔레비전에 나오는 사람들, 인터넷에서 이름 알려진 사람들, 전부 저마다 우주 산업에 대해서 한마디씩 하던 그 유행이 떠오르지 않는가? 그리고 그 때문에, 우주 산업에 관해서 새로 만든 법령과 규정들이 우수수 쏟아졌고, 우주 산업을 자기네 기관이 통제하고 관리하겠다고 나서는 정부 기관들도 여기저기서 계속 튀어나왔다.

"우주 개발 지원법, 우주 산업 진흥법, 로켓 관리 기준법,

우주 궤도 항행 기준법, 우주 궤도 활용 지원법, 로켓 실험 지원법, 우주 연구 기본법, 우주 재돌입체 관리법, 우주 재돌입체 지원법, 우주 특별법, 우주 산업 통합 관리법, 우주 산업 통합 관리의 적용 및 운용에 관한 법률 등등등. 우주선 하나 띄우려면 따져야 하는 법만 스무 개가 훨씬 넘습니다. 거기다가 각 법마다 서로 관리하는 기관이 달라서 너무나 힘듭니다."

"우주 산업을 지원하는 법과 제도를 지난 3년 동안 열 개 넘게 만들었는데, 왜 아직도 그렇게 힘들지요?"

어느 우주비행사가 우주 산업에 관한 큰 행사에서 유명한 정치인 한 명과 이런 식으로 이어지는 대화를 나눈 적이 있었다. 그런데 어쩌다 보니 그 대화는 인터넷에서 큰 화제가 되었다. 우주비행사가 앉아 있는 자세가 어땠다더라, 혹은 대답하는 정치인이 말할 때 손동작이 어땠다더라 하는 내용을 두고 하루에 몇 시간씩 투자하여 인터넷에서 싸우는 사람들이 무척 많았기 때문이다.

그래서 다시 '우주 법령 통합에 관한 우주허가국의 창설과 그에 따른 지원, 신고, 허가, 관리, 감독 등에 관한 원스톱 특별법'이라는 법이 하나 생겼다.

이 법은 하여튼 우주 산업과 관련된 모든 사항을 우주허가국이라는 하나의 기관에서 허가해 주고, 그곳에서 허가가 나면 그걸로 끝이라는 내용을 골자로 하고 있었다. 골자가 아닌 부분은 역시 어지럽고 복잡하게 엉켜 있었지만, 어쨌든 골자는 그렇게 단순했다. 이렇게 우주허가국이라는 곳이 생겼고, 정말로 우주 산업의 발전은 빨라졌다.

그리고 양 과장은 어느 무심한 높으신 분의 별생각 없는 업무 조정에 의해 우주허가국의 일선 업무 담당자로 자리를 옮기게 되었다. 그리고 바로 그 자리에서 양 과장은 엄청난 사람으로 성장했다. 양 과장은 우주 산업계 바깥에는 전혀 알려져 있지 않았지만, 우주 산업계의 실무자들에게는 세상에서 가장 중요한 인물이며 정신적으로, 기술적으로 가장 강력한 인물이라고 할 수 있었다.

그 무렵, 우주 관련 사업을 하는 사람들을 아무나 붙잡고, "우주의 지배자가 누구입니까?"라고 물어봤을 때, 누구인가, "세상이 무슨 SF 소설이에요? 우주의 지배자 같은 게 어디 있어요? 지구에도 민주주의 국가들이 많으니까 지구의 지배자도 없다고 할 수 있을 텐데. 우주의 지배자라뇨?"와 비슷하게 대답한다면, 그 사람은 아직 우주 사업에서 별 경험이 없는 세상 물정 모르는 사람이라는 뜻이었다. 우주 사업에 대해서 조금이라도 경륜을 쌓은 사람과 이야기한다면 이 질문에 "바로 양 과장입니다."라고 대답했을 것이다.

양 과장은 우주허가국의 기초 허가서를 심사하는 일을 맡게 되었다.

그리고 그 일만 계속 맡았다.

그것은 기본적으로는 행정 심사였기 때문에, 누가 우주 사업을 하겠다고 서류를 제출하면 양 과장은 내용을 읽어 보고 누락 사항이나 의심 사항이 없는지 검토한 뒤 도장을 찍어 주는 것이 업무의 핵심이었다. 실제로 그것이 양 과장이 하는 일 중에 가장 중요했다. 그냥 내용을 적당히 살펴보고, 큰 문제가 없으면 도장을 찍어 주는 역할이 전부였다. 전자결재 시스템을 이용했기 때문에, 실제로 도장에 빨간 인주를 잘 발라서 눈에 잘 띄게 찍는 재주조차도 필요없었다. 그냥 마우스로 두 번 클릭을 하면, 컴퓨터 속에서 0과 1의 신호들이 빠르게 바뀌며 도장을 찍은 그림으로 전자신호를 바꿔 주는 처리가 일어나는 것이 전부였다.

그런 이유로 처음에는 그냥 이 역할을 인공지능 프로그램에 맡기자는 이야기도 있었다. 그런데 그 논의에 참여한 어떤 잘생긴 사람이(이 사람이 잘생긴 사람이었다는 점은 전혀 중요하지 않지만, 하여튼 굉장히 잘생긴 사람이기는 했다.) 그래도 허가 사항이 한 군데로 전부 통합되었는데, 사람이 첫 단계에서 눈으로 대충 훑어보면서 의심나는 부분을 따질 기회가 하나쯤 있어야 한다고 주장했다. 그에 따라 자동 컴퓨터 프로그램이 아니라 사람이 신청서를 훑어보고 도장 찍는 일을 하게 된 것이다. 그리고 양 과장은 바로 그 일을 맡은 첫 번째 인물이었다.

우주허가국은 상당히 효율적으로 운영되는 기관이었고, '우주 법령 통합에 관한 우주허가국의 창설과 그에 따른 지원, 신고, 허가, 관리, 감독 등에 관한 원스톱 특별법'은 그 긴 이름만큼이나 좋은 법률이었다. 아니, 정직하게 말하자면 그 정도로 좋은 법률까지는 아니었지만, 그래도 법과 규정을 이해하고 준수하면 그럭저럭 안전하고 저렴하게 우주선을 보내는 사업을 할 기회를 주도록 되어 있는 법률이라고 할 만했다.

그러므로 사실 많은 회사들이 그 법에 따라 사업을 하면서 우주를 개척해 나갔다. 법은 비교적 명확한 편이었고 회사들도 이 법에서 요구하는 사항이 무엇인지 알고 있었기 때문에, 회사들은 법을 잘 지키며 우주선을 열심히 띄웠다.

딱 한 가지. 양 과장이 서류에 도장만 찍어 준다면.

양 과장이 서류에 도장만 찍어 주면, 그 뒤의 사항들에 대해서는 법과 규정에 대한 시빗거리가 없었다. 규정을 준수하는 것으로 이름 긴 법에 따라 명확히 확인되며, 그러므로 우주허가국에서 그 사업은 그대로 쭉쭉 통과될 수밖에 없었다. 우주선이 개발되고 우주로 나가서 미지의 세계를 탐사할 수 있다. 양 과장은 과거에 특별히 우주 분야에 관심이 많았던 사람도 아니고, 그 분야에 대해 딱히 경험이 있던 사람도 아니었다. 양 과장의 과장이라는 자리가 우주허가국에서 별로 높은 지위인 것도 아니었다.

그러나, 양 과장은 서류에 도장을 찍어 주지 않을 수도 있었다. 대신 '검토 지원 사업 대상'이라고 써서 검토 대상으로 서류를 보낼 수 있었다. 원래 양 과장은 역할은 그냥 평범한 사람의 눈으로 서류를 한 번 훑어보는 것이었다. 그러니까, 그렇게 훑어보다 의심나는 것이 생기면 검토 지원 대상으로 돌려서 전문가들에게 보낼 수 있게 되어 있었다는 것이 제도의 취지였다.

"이번 금성 탐사 우주선 발사 사업이 검토 지원 사업 대상이라는데요. 지원 사업이라면 좋은 거 아니에요?"

"무슨 소리야? 우리 끝장난 거야."

"검토 지원 대상이라는데 왜 끝장이 나요?"

"지원이 핵심이 아니고, 검토가 핵심이야. 금성 탐사 우주선은 이제 사업 착수하기 전에 검토만 끝도 없이 받게 되는 거라고."

우주 산업에 참가한 회사들이 회사 신입 사원들에게 항상 교육하는 이런 장면.

이 장면의 원인이 된 장본인이 바로 양 과장이라고 할 수 있었다. 양 과장이 우주 사업에 관한 서류를 검토 대상으로 돌려 버리면, 우주허가국에서는 그 서류를 우주허가국이 아니라 다른 기관으로 돌려서 검토하도록 한다. 그게 검토 대상이라는 말의 의미다. 그 분류에 별다른 기준은 없다. 인공지능 대신 사람을 그 자리에 앉혀 놓은 이유, 그러니까 그냥 종합적인 그 사람만의 느낌으로 판단하기에 검토 대상이 될 만하지 않느냐 하는 것이 유일한 기준일 뿐이었다.

그리고 그렇게 검토 대상으로 결정된다면, 더 이상 그 이름 긴 법률에 따라 우주허가국에서 사업을 심사하는 것이 아니라, 다른 모든 관련 법에 따라 온갖 기관들이 같이 사업을 심사하게 된다.

최근 관련된 제도의 개수는 33개 법령과 그에 딸린 2532개 조항으로 늘어나 있었다. 그 2532개라는 조항의 개수도 그냥 추정일 뿐이었다. 그 많은 조항들을 다 따지다 보면 무조건 조항 하나 정도는 잘못 걸릴 수도 있었다. 그 복잡한 규정들의 어지러운 늪 속에서 갖가지 예외가 가득한 특수한 하나의 우주 사업을 따져 보면서 전체적으로 무슨 규정이 어디에 어떻게 걸리는지 다 파악할 수 있는 사람은 세상에 단 한 명도 없었다. 알파고 프로그램을 개조해서 바둑 수를 읽듯이 분석해야 가능하다고 주장하는 사람이 있을 정도였다. 게다가 그 조항들 중에는 담당자에 따라 어쩔 때는 이렇게 보고, 다른 때에는 다르게 보는 조항들도 종종 있었다. 100개 조항 중 하나만 그런 조항이라고 해도 그런 조항이 25개는 있다는 뜻이었다.

따라서 검토 사업 지원 대상이 되면 아무도 검토를 통과할 수 없었다. 정말 단 한 곳도 없었다. 지원은 누구나 받을 수 있었지만, 검토 대상이 되었는데 검토를 모두 통과하는 데 성공한 사업은 우주허가국의 전체 역사상 단 한 건도 없었다.

특히 양 과장은 서류를 검토 대상으로 분류하면서 '통합 추진 위원회 검토 사항'으로 지정할 수 있는 권리를 갖고 있었다. 거기에 걸려들면 그대로 파멸이었다. 통합 추진 위원회라는 곳은 효과적인 업무 처리를 위해 여러 기관의 사람들이 모여서 회의를 하는 곳이었는데, 그렇기 때문에 그 많은 기관의 누구도 책임을 지지 않으려고 하는 회의만 하는 곳이었다. 그래서 결론 없이 이어지는 회의는 무한정 길어질 수밖에 없었다.

"잠깐만요. 금성 탐사 우주선은 검토 대상으로 가는 바람에 어차피 통과 못할 거 아니까 포기하고 그냥 사업 중단하기로 했잖아요. 그러면 끝 아니에요? 금성 탐사 우주선 사업을 통합 추진 위원회에서 검토한다고 문제될 게 있나요? 우리가 그냥 포기하면 끝이잖아요. 우리가 안 한다는데 어쩔 거야?"

"통합 추진 위원회에서 검토 중인 사항이 있을 때에는 그 검토가 끝날 때까지 그 사업과 겹치는 다른 사업 추진을 못한다는 규정이 있다고. 6개월 붙잡고 있으면 6개월. 1년 붙잡고 있으면 1년. 그냥 아무것도 못하고 기다려야 해."

때문에 수많은 우주 회사는 양 과장이 도장을 찍어 주느냐 마느냐를 정말 중요하게 생각했다.

어떤 회사 사람들은 양 과장을 돈으로 매수할 생각을 하기도 했다. 하지만 얼토당토않은 생각이었다. 고구려의 광개토대왕을 돈 주고 매수하는 것이 가능하겠는가? 하물며, 양 과장은 우주의 지배자였다. 그는 시시한 뇌물을 받는 인물이 아니었다. 그 무엇도 양 과장을 통제할 수는 없어 보였다. 우주 사업을 하는 회사 사장들 중에 운세를 보는 것을 좋아하고, 굿이나 부적에 매달리는 사람이 유독 많았던 것도 따지고 보면 다 양 과장 때문이었다.

그런데 얼마 후, 우주씨앤이 재단, 그러니까 우주C&E라는 재단이 하나 생겼다. C와 E가 무엇을 나타내는 글자인지는 우주씨앤이 재단이 해체된 지금까지 아무도 모른다.

아무도 관심을 갖지 않는 작은 재단이었다. 재단 이사장도 특별히 대단한 인물은 아니었다. 이사장은 우주에 관한 재미있는 책을 써서 젊은 시절 대중적인 인기가 좀 있었던 은퇴한 대학교수였다. 그냥 은퇴하면 이름 없는 재단의 이사장으로 이름을 올리면 적합할 만한 사람이었다. 그래서 우주씨앤이도 딱 그 정도의 재단처럼 보였다. 금액으로 보아도 처음에는 규모가 무척 작은 재단이었고, 그 재단에 돈을 댄 사람이 누구인지도 별로 알려지지 않았다.

그런데 우주씨앤이 재단의 업무총괄 전무라는 직함으로 강 전무라는 사람이 들어왔다. 듣자 하니, 강 전무가 우주 허가국 출신이라고 했다. 그리고 강 전무는 양 과장의 직속 후배이며 매우 끈끈한 관계라는 소문이 돌았다.

누가 그 소문을 퍼뜨렸는지 알아내는 데는 실력이 뛰어나기로 이름 높은 화성 광역 수사대에서도 실패했다. 어쩌면 누가 일부러 퍼뜨리지 않았더라도 양 과장의 일거수일투족에 회사의 모든 것을 걸고 집중하고 있던 우주 회사 사람들 쪽에서 알게 된 것인지도 모른다. 혹시, 그 무렵 우주 회사 사장들이 만나고 다니던 그 많은 무속인, 역술인 중에 어느 한 사람이 정말 초능력을 갖고 있어서 어디에도 명확히 표시되어 있지 않은 우주씨앤이 재단과 양 과장의 관계를 초능력으로 느낀 것은 아닐까?

    사람들 사이에는 우주씨앤이 재단에 돈을 넣으면 양 과장에게 잘 보일 수 있을 것 같다는 이야기가 돌았다. 곧이어 우주씨앤이 재단에 돈을 넣어야 양 과장이 도장을 찍어 준다는 이야기도 돌기 시작했다.

    시간이 흐르자 그 이야기는 사실 같아 보였다. 우주 회사들은 앞다투어 우주씨앤이 재단에 돈을 보냈다. 우주씨앤이 재단의 강 전무는 재단으로부터 엄청난 월급을 받았다. 양 과장이나 우주허가국 사람에게 대놓고 뇌물을 주는 관계는 전혀 없었다. 그냥 회사들이 우주씨앤이 재단이라는 알 수 없는 재단에 돈을 넣었고, 양 과장의 후배라는 강 전무가 우주씨앤이 재단에서 큰돈을 월급으로 받았다. 그게 끝이었다. 정작 권한을 갖고 있는 양 과장에게 돌아가는 돈은 한 푼도 없었다.

    강 전무가 더 이상 평생 일을 하지 않고도 풍족하게 살 수 있고, 그 자식과 그 자식의 자식 역시 그만큼 풍족하게 살 수 있을 만한 돈을 모았을 때, 강 전무는 우주씨앤이 재단에서 물러났다. 그리고 강 전무의 후임으로 최 전무라는 사람이 들어왔다. 최 전무 역시 우주허가국 소속으로 양 과장이 아끼는 후배였다고 했다. 최 전무는 재단에 들어온 후 우주씨앤이 재단에서 거액의 월급을 받기 시작했다. 여전히 우주씨앤이 재단에 부지런히 돈을 넣고 있는 회사의 사업에는 양 과장이 도장을 잘 찍어 주는 것 같았다.

최 전무가 큰돈을 벌고 은퇴한 다음에는 서 전무가 나타났고, 서 전무 다음에는 임 전무가 나타났다. 다들 우주허가국 출신이었고 양 과장이 아끼는 후배였다고 했다. 기관원 출신이 관련 회사에 취업하지 못하게 하는 다양한 규제 법령들이 복잡하게 있기는 했지만, 정작 우주씨앤이라는 회사는 우주허가국과는 아무 관련이 없어 보이는 재단이었다. 심지어 우주 산업과 그다지 큰 관련이 있는 재단인 것 같지도 않았다. 그렇기 때문에 우주허가국 사람이 우주씨앤이로 자리를 옮기는 데는 아무 제한이 없었다. 사실 우주씨앤이는 서류상으로는 이 세상 어떤 곳과도 관련이 없는 곳이었다. 우주씨앤이 재단이 뭘 하는 회사인지도 알 수 없었다. 본질적으로, 우주씨앤이 재단은 그냥 여러 우주 회사들로부터 돈을 받고, 그 직원들에게 월급을 풍족히 잘 주는 것이 하는 일인 회사였다.

마침내 양 과장도 우주허가국에서 은퇴를 했다. 그리고, 이번에는 자신이 아끼는 후배였던 조 과장을 우주허가국에 남겨 두고 자기 스스로 직접 우주씨앤이의 전무가 되었다.

드디어 양 과장이 우주를 지배하며 넓혔던 영토의 세금을 거두어들이는 날이 찾아왔다. 양 과장은 최 전무, 서 전무, 임 전무 등이 받았던 월급을 다 합친 금액보다도 훨씬 더 많은 금액을 월급으로 받았다. 그리고 양 과장의 후배, 조 과장은 우주씨앤이 재단에 돈을 내고 있는 회사들의 서류는 바로 도장을 찍어 주었다. 결코 검토 대상으로 보내지 않았다. 그렇게 세월이 흐르는 동안 양 과장은 그가 그동안 인류 문명이 우주로 진출하는 과정에 끼친 그 막대한 영향에 어울리는 막대한 돈을 벌었다.

모든 것이 잘 물려 돌아가고 있는 것처럼 보였다.

"야, 잠깐만. 그래도 이건 아니지. 이렇게 자기 차례라고 다 털어먹어 버리면, 나중에 내가 우주씨앤으로 갔을 때 내가 먹을 거는 뭐가 남는데."

그러나 자신의 능력을 과신한 조 과장의 의심이 시작되었다. 이것이 문제의 시작이었다. 조 과장의 불만을 달래는 사람들은 적지 않았다. 예를 들어, 최 전무와 서 전무는 조 과장을 만나 이렇게 말했다고 한다.

"조 과장, 그런 생각하지마. 우리가 이렇게 살고 있는 게 다 누구 덕인데. 다 양 과장님 때문 아니야. 양 과장님께서 그때 우주 산업을 일으키는 그 시스템을 그렇게 만들어 놓으셨기 때문에 우주 산업이 이렇게 커졌고, 그것 때문에 우리도 이렇게 한자리하면서 살고 있는 거 아니야. 너무 욕심내지 마. 너는 양 과장님 같은 그런 능력이 있는 사람이 아니잖아."

조 과장이 양 과장 같은 사람은 아니라는 지적은 정확했다. 하지만 조 과장은 그런 말을 들으면 아니꼽게 생각하는 성격이었다.

게다가, 다른 방향에서 분노하는 인물도 나타났다. 재단의 전무로 있었던 사람들 중에 강 전무는 자기가 받았던 돈보다 지금 양 과장이 훨씬 많은 돈을 우주씨앤이에서 받고 있다는 이야기를 듣고 강하게 질투했다. 그때 강 전무는 쓸데없이 무슨 영화 사업에 돈을 투자했다가 거액을 날리고 다시 가난해졌기에 돈이 더 필요했다. 그 때문에 "잠깐만, 내가 지금 양 과장이 받고 있는 돈의 절반만 받았어도 아직도 남아 있는 돈이 많을 텐데." 따위의 생각에 빠져 양 과장을 싫어하게 된 것이다.

결국 양 과장 파벌과 조 과장-강 전무 파벌이 서로 나뉘어 다투기 시작했다. 그러다 조 과장은 양 과장을 찾아가서 이렇게 따지기에 이르렀다.

"양 선배, 너무 이런 식으로 하시면, 더 이상 여기에 돈 대는 회사들에게 저는 도장 안 찍어 줄 겁니다."

누구도 입 밖으로 내어서는 안 되었던 그 관계. 결코 입 밖으로 내어서는 안 되는 과거와 미래를 관통하는 비밀. 아무도 알 수 없었던 우주의 마지막 숨은 법칙. 조 과장은 그것을 감히 불경하게 말하면서 양 과장을 협박했다.

그러나 양 과장은 협박에 넘어가 자신의 제국을 빼앗길 사람이 아니었다. 그는 차라리 자신이 건설한 우주 제국을 자기 손으로 멸망시키는 길을 택할 사람이었다.

"다 터뜨려 버립니까? 전부 다?"

양 과장의 그런 무시무시한 선택에 양 과장 편이었던 사람들도 돌아설 정도였다. 그렇지만, 양 과장은 조 과장의 도전에 물러날 생각이 조금도 없었다. 모두가 파멸하더라도 배신을 내버려 두지는 않는 사람이었다.

결국 양 과장은 이 모든 일을 국회의원들에게 공개해서 정치적인 쟁점으로 만들 작전을 벌였다. 돈을 좀 풀어서 여기저기 떠들썩하게 분위기를 잡자 그 정도 쟁점을 만드는 것은 어렵지 않았다.

그 소식을 듣고 조 과장은 이렇게 말했다.

"양 과장, 지가 나를 어떻게 공격해? 내가 법을 어긴 게 없는데."

그렇지만 그 말은 자신의 공포를 쫓기 위해서 스스로에게 외친 말이었다. 조 과장 스스로도 알고 있었다. 양 과장이 나서서 모든 것을 걸고 자신을 공격하고 있는 것은 자명했다. 우주의 지배자가 자신을 파멸시키기로 작심했다는 그 공포를 조 과장은 떨쳐 버릴 수가 없었다.

사건이 스캔들이 되고, 스캔들이 정치 싸움이 되자, 현재 공공기관에서 근무하고 있었던 조 과장이 가장 먼저 수사 대상이 되었다. 조 과장은 뇌물죄에는 절대 걸릴 리가 없는 상황이라며 큰소리를 쳤다. 그렇지만 수사는 뇌물죄를 따지는 방식으로 흘러가지 않았다. 우주 사업과 관련이 있는 33개 법령을 역으로 추적해서 뭐든 조 과장의 업무와 연결되어 문제가 될 만한 것을 하나하나 찾아 들어가는 방식이었다. 곧 우주씨앤이도 수사 대상이 되었고, 우주씨앤이의 직원들과 우주허가국의 직원들도 무더기로 구속되어 감옥에 갇히기 시작했다. 조 과장도 감옥에 들어갔다.

그만큼은 아니지만 우주씨앤이에 돈을 넣은 회사의 사람들도 하나둘 감옥에 갇혔다. 너무 많은 사람들이 수사대상이 되고 감옥에 갇혔기 때문에, 흔히 우주 업계 사람들은 이 사건을 세컨드 빅뱅, '두번째 대폭발'이라 부르곤 했다. 우주허가국에서 허가 서류에 도장 찍는 담당자 과장과 우주씨앤이라는 정체 불명의 재단이 어떻게 돈을 버는가 하는 사실이 세상에 널리 알려졌다. 그에 따라 많은 사람들이 많은 욕을 했고, 다시 이런 일을 방지하기 위한 다섯 개의 법률과 43개의 규정이 더 생겨났다.

그러면 양 과장은 어떻게 되었을까?

양 과장은 수사가 시작되기 전에 이미 오스트리아 알프스의 어느 깊은 산속 별장으로 몸을 피한 상태였다. 꾸준한 작업으로 재산의 많은 부분을 오스트리아로 옮겨 놓기도 했다. 그렇지만 양 과장은 그것만으로 안심하는 사람은 아니었다. 양 과장은 자신이 처한 상황의 최악을 냉정하게 볼 수 있는 인물이었다.

양 과장과 마지막까지 함께 한 가까운 인물은 양 과장의 생각을 알고 같이 걱정했다.

"과장님, 곧 여기까지도 수사 기관 사람들이 올 것 같아요. 인터폴에서 곧 수배도 떨어질 거라고 하고."

곧 양 과장은 자신이 검거될 수밖에 없다는 상황을 있는 그대로 받아들였다. 그리고 그 상황에서 자신이 할 수 있는 최선의 방법을 찾아 나섰다.

며칠이 지나지 않아 양 과장은 오스트리아 법령 속에서 한 가지 탈출구를 찾아냈다. 잠시 시간을 보내며 오스트리아에서 당시 방영되던 별 인기도 많지 않은 TV 연속극을 보던 중이었다. 대략 이런 내용이었다.

"회사가 망해서 빚을 변제하셔야 하는데 실패하셨으니까 압류에 들어갑니다."

"저희 집 재산을 다 가져가시나요?"

"처분할 수 있는 것들은요. TV, 가구, 냉장고, 에어컨, 다 빚 받는 대신 뜯어갈 겁니다."

"오, 어쩌면 좋아."

"이것도 가져갑니다."

"잠깐만요. 걔는 우리 집 강아지 아마데우스예요."

"강아지도 돈 가치가 있는 것이니까 압류해 갑니다."

"오, 그럴 수는 없어요. 아마데우스는 물건이 아니라 우리 가족이에요."

"돈 받고 팔 수 있으면, 빚 대신 가져가는 겁니다."

주인공이 사업 실패로 집안이 다 망하게 되었다는 것을 알려 주는 장면이었다. 빚쟁이들은 주인공의 강아지까지 가져가서 팔아 버리려고 한다. 그러자 주인공은 따진다.

"새로 생긴 유럽연합 공통 법에는 주인과 함께 사는 동물은 가족과 비슷하다고 보는 법 규정이 있습니다. 그러므로 가족처럼 같이 지내는 동물은 압류해 가지 못한다는 규정이 있습니다. 동물의 지위를 확립하기 위한 규정인 것입니다. 제가 아무리 많은 빚을 갚지 못한다고 해도, 제 가족과도 다름없는 강아지 아마데우스만은 법적으로 빼앗아 갈 수 없습니다."

주인공이 말한 이야기는 이미 유럽 몇몇 국가에서는 옛날부터 내려오던 규정이었다. 그래서 강아지는 빚쟁이들이 빼앗아가지 못한다. TV 연속극의 주인공은 텅 빈 집에 자신의 강아지와 단둘이 남게 된다.

그 장면까지 TV 연속극을 본 양 과장은, 자신과 비슷한 처지에 놓인 오스트리아 공무원들의 사례를 조사했다. 과연 양 과장 짐작대로였다. 양 과장과 함께 있었던 그 사람은 같이 조사하던 중 발견한 한 가지 사례를 알려 주기도 했다.

"마이어라는 사람은 돈 8억 원을 빌린 다음에 안 갚았대요. 대신에 그 돈으로 한 마리에 8천 만원씩 하는 희귀 강아지 열 마리를 사서, 그 강아지 열 마리가 자기에게는 가족 같은 동물이라고 주장했다는 거예요. 그러면 아무도 그 강아지는 못 데려가거든요. 그러면 누가 압류해 가려고 해도 가져갈 수가 없어요. 그러고 나서 법적인 의무가 없어질 시한까지 기다렸다가, 다시 그 강아지들을 팔아서 8억을 합법적으로 차지하는 거예요."

동물의 생명은 소중한 것이니까 함부로 할 수 없다는 법령. 그러니까 그 법령을 이용해서 돈을 생명에 묻어 버리면 아무도 그 돈은 가져갈 수가 없게 된다는 발상이었다.

양 과장은 즉시, 자신의 재산을 묻어 둘 동물을 찾아내기 위한 조사 작업에 돌입했다. 그리고 몇 가지 중요한 조건을 만들었다.

1. 동물이어야 한다. 커다란 나무나 희귀한 꽃은 어지간한 동물보다 훨씬 희귀하고 값비싼 경우도 있지만, 이 법을 악용하는 사람들이 너무 많다는 이유로 어쨌든 식물은 법의 보호 대상이 되지 않고 있다.
2. 값이 비싼 동물을 사야 한다. 그래야 쉽게 많은 돈을 묻어 둘 수 있다.
3. 산 동물의 수명이 길고, 기르기 쉬워야 한다. 기껏 돈 몇 억 원을 들여 강아지 열 마리를 사서 돈을 묻어 두었는데 강아지가 죽어 버리면 다시 팔아서 현금을 만들 수가 없다.
4. 거래가 가능한 동물을 구해야 한다. 거래가 불가능한 천연기념물이나 국제 조약으로 보호받는 희귀동물이면 팔고 사서 돈을 숨길 수가 없다. 게다가 국제 조약으로 거래가 금지된 보호 동물이라면, 나중에 사건이 모두 끝나고 숨긴 돈을 다시 되찾으려고 할 때 그 동물을 팔아 넘길 곳을 찾을 수 없다.
5. 미래에도 거래 불가능의 희귀동물로 지정될 가능성이 낮아야 한다.

양 과장은 이상의 조건을 검토한 끝에 자신의 결단을 실행에 옮겼다.

며칠 후, 한국에서 보낸 수사관이 양 과장의 별장에 찾아왔을 때, 양 과장은 자신의 새로운 가족이라고 하면서 자신이 가장 사랑하는 동물 세 마리를 소개했다. 그것은 커다란 히말라야 육지 거북 세 마리였다. 뭐든 사람이 먹는 것은 다 먹으면서 살 수 있는 순한 동물이면서 수명은 120년에 이른다는 희귀 거북이었다. 한 마리의 가격이 30억 원이라는 이야기도 있고 80억 원이라는 이야기도 있었다.

양 과장의 사건은 세계 각지로 알려졌고, 그의 명성에 걸맞게 마침내 지구 바깥 우주 곳곳으로도 알려졌다. 관심 있는 사람들이 살펴보니, 히말라야 육지 거북은 비슷한 의도로 동물에 돈을 묻어 놓고 숨겨 놓으려고 하는 세계의 갑부들이 가끔 애용했다는 풍문도 있었다.

그리고 세월이 흘렀다. 우주는 넓고 훌륭한 두뇌를 갖고 있는 사람들은 많은지라, 얼마 지나지 않아 이런 식으로 동물을 이용하는 수법은 지구의 동물에게만 적용되는 것이 아니라는 점을 깨달은 선각자들이 나타났다. 많은 행성들의 법에 따르면, 가족과 같은 동물에 돈을 묻어 두는 수법을 외계 행성에서 붙잡은 외계 생명체에 적용하는 것도 충분히 가능했다.

그리고 그런 문제와 관련한 이런저런 산업과 일자리도 조금씩 생겨났다. 그런 문제와 관련하여 무슨 잡다한 일을 대신 해 달라고 하면 그 의뢰를 받아 돈을 버는 사람들도 나타났다. 그리고 그런 사람들 중에는 우주선을 타고 우주 곳곳을 날아다니며 이런저런 일을 하면서 살아가는 미영과 양식, 두 사람도 있었다.

"그래서, 비트코라고 하는 외계 생명체가 있는데, 지구 사람들이 그게 귀여운 생물이라고 엄청 비싼 돈을 주고 사 와서 가족처럼 키운다는 거예요?"

우주선 안에서 양식이 미영에게 물었다.

"지구는 아니고, 보통 화성이나 목성계 사람들. 정확하게 다시 이야기한다면, 비트코라는 외계 생명체를 데려와서 정말 가족처럼 키운다기보다는, 돈을 묻어 두기 위해 비싼 값에 사들여서 가족처럼 키우는 척하는 거 아닐까?"

"그게 그렇게 가격이 비싸다는 거예요?"

"엄청 비싸. 검은눈 은하계의 비트코 행성에서 발견된 생물이라고 하거든. 너무 멀리 있는 곳에 있는 생물이기 때문에 태양계까지 데려오는 것만 해도 돈이 꽤 들잖아. 비트코 행성에는 아직 비트코가 많이 살고 있으니까 그렇게 멸종 위기 동물은 아니라서 과학적으로 보호 대상은 아닌데, 태양계까지 우주선에 태워서 데려오려면 돈이 엄청 들어. 그러니까 값이 굉장히 비싸지지."

미영과 양식은 비트코라는 외계 생명체가 살고 있다는 행성에 착륙했다. 그런데 어찌된 일인지 그 행성은 검은눈 은하계의 비트코 행성은 아니었다.

"이게 비트코예요?"

양식이 물었다. 가까이서 보니, 비트코는 조개나 굴 비슷해 보이는 형태로 바위 위에 가만히 붙어 있는 생물이었다. 그런데 복슬복슬한 갈색 털이 나 있었다. 크기는 사람의 발 정도 되는 크기였다.

"맞아. 이게 비트코야."

"그냥 가만히 있는 것 같은데요."

"그렇지. 얘네들 습성이 이래."

"습성이 어떤데요?"

"이렇다니까."

"이렇다고요?"

"그냥 가만히 있는 게 보통 때 습성이야. 이런 식으로 그냥 가만히 내버려 두면 별일 안 하고 가만히 있으면서 1천 년에서 2천 년 정도 살 수 있대. 이런 동물을 찾는다고 그렇게 많은 사람들이 별별 곳을 다 돌아다니면서 온 우주를 다 뒤지며 고생을 했다더라고. 그렇게 찾아낸 이 외계 생명체의 가장 큰 특징이 아무것도 안 하고 그냥 살아 있기만 하는 것을 아주아주 오래 하는 거래. 당연히 엄청 기르기도 쉽고. 그냥 가만히 있는 동물이니까 내버려두면 계속 가만히 있을 뿐이니까. 그러니까 돈 묻어 두기에 딱 아니겠어?"

양식은 의심스러운 눈으로 자기 발 앞에 있는 비트코를 한참 쳐다보았다.

"딱히 가치 있거나 귀엽거나 사랑스럽거나 가족으로 삼고 싶다거나 그렇지는 않은데요."

"그렇게 볼 수도 있고."

"그런데 이런 동물이 판사, 검사들에게 가족으로 받아들여지는 동물로 인정받을 수가 있어요?"

"이렇게 생긴 비트코는 그렇게까지 비싸지 않은데, 털이 복슬복슬하게 잘 자라난 희귀 비트코는 굉장히 비싸대. 그런 비트코는 딱 봐도 정말 귀여운 토끼나 너구리 같은 느낌을 준다고 하더라고. 그래서 그런 비트코는 판사, 검사, 변호사들이 얼핏 봐도 가족과 같은 동물로 인정해 주고 싶은 정도로 귀여운 느낌을 준다더군. 다들 비트코를 산다고 하면 그런 희귀종 귀염둥이 비트코를 사는 거지."

"그래서 비트코 중에서도 특히 비싼 게 있을 수 있는 거라고요?"

"뭐 그런 거지. 정말 귀엽게 생긴 최상급 비트코는 한 마리만 있어도 그걸 팔면 한 사람이 평생 먹고살 걱정이 없다던데."

미영과 양식은 우주선을 원격 조종해서 다시 비트코가 사는 이 행성을 조사하도록 했다. 두 사람은 하늘 위로 떠올라 움직이는 우주선을 같이 쳐다보았다.

양식이 미영에게 물었다.

"이 행성에서 우리가 하는 일은 뭔데요?"

"이 행성에 비트코가 얼마나 살고 있는 지 조사해서 보고하는 거야."

"그걸 우리에게 돈을 주면서 조사하라고 하는 사람들이 있었어요?"

"있었지."

미영은 잠시 주변을 둘러보면서 말을 멈추었다. 그리고 이어서 말했다.

"원래 비트코는 머나먼 곳 검은눈 은하계의 비트코 행성에서 사는 희귀동물이라고 해서 값이 그렇게 높았던 거거든. 그런데 지금 가까운 우리 은하계인 여기, 이 행성에서도 살고 있다는 게 발견된 거야. 그러면 비트코를 구하기 쉽게 되니까 비트코의 값이 떨어지겠지. 그러면 비트코에 돈을 묻어 둔 사람들은 망하는 거야. 너무 값이 많이 떨어지면 앞으로는 더 이상 비트코에 돈을 묻어 두는 방법을 쓸 수 없게 될 수도 있거든. 그래서 조사해 보는 거지. 이 가까운 행성에 비트코가 많이 사는지 적게 사는지, 한번 살펴보려고."

그 말을 듣고 양식은 행성의 지평선 쪽을 다시 한 번 둘러보았다. 잠시 후 양식은 다시 미영에게 물었다.

"그래서 비트코가 이 행성에 많이 살고 있으면, 그러면 어쩌게요?"

"그건 몰라. 나한테 그것까지는 말 안 해 줬으니까. 아마 수소폭탄 같은 걸 보내서 이 행성 전체를 다 폭파해 버리지 않을까? 이 행성은 아직 생물보호구역으로 지정된 곳은 아니니까."

"그러니까, 귀여운 비트코 시세를 높게 유지하기 위해서, 가까운 행성에서 비트코들이 많이 살고 있는 곳이 발견되면 그 행성을 날려 버린다고요?"

양식은 자기 발 앞에 있는 비트코 한 마리를 보았다. 여전히 별로 정이 가지 않는 투박한 모습의 털 난 조개 모양이라는 느낌이 들었다. 하지만 미영의 말을 듣고 보니 좀 다른 감정이 드는 것 같기도 했다.

양식이 미영에게 또 물었다.

"사장님, 그런데 아무래도 이건 우리가 사업을 처음 시작할 때 생각했던 그 목적에 맞는 건 아닌 것 같은데요."

미영은 대답하지 않았다. 대신 단말기의 컴퓨터 화면을 확인하더니 이렇게 이야기했다.

"다행이네. 이 행성에는 비트코가 별로 많이 살고 있지 않은 것 같다는 조사 결과가 나왔어. 폭파될 일은 없겠다."

바닥의 비트코들을 향해 말해 주는 것인가 싶었다.

떠나가는 미영과 양식의 우주선에 비트코 한 마리가 따라 들어오려고 했다. 평범한 비트코였지만 자세히 보니까 조금은 더 귀엽게 보이는 것 같기도 했다.

양식이 말했다.

"아무리 그래도 저는 이해 못 하겠어요. 무슨 대합 조개처럼 생긴 저게 그렇게까지 비싸다는 게."

"그런가 보다 해야지 뭐. 그림이나 조각 중에도 도저히 저게 뭔지 이해할 수 없는 현대미술 작품 같은 거 많잖아. 그런 게 그렇게 값이 비싸게 나간다는 건 이해 가?"

"그래도요. 어떻게 이런 짐승이 그 정도나 가치 있다고 그렇게 비쌀 수가 있다는 거지?"

"비싸니까 가치가 있는 거지요."

미영은 다시 우주선의 조종 컴퓨터로 시선을 옮겼다. 그리고 우주선을 행성 바깥으로 빠르게 이동시킬 수 있도록 준비시켰다.

"좋은 소식은 빨리 전해 주러 가야지."

"누구에게 좋은 소식이요? 비트코 주인들에게?"

미영은 우주선을 우주 공간으로 발진시켰다.

"이 행성의 비트코들에게."

_ 2021년, 논현동에서

천장
의
공포

한규동은 오늘도 공식 서류를 살펴보면 '차세대 인터넷 정보 융합 미디어 플랫폼 스타트업'이라고 되어 있는 회사로 출근했다. 회사 이름을 보면 알 수 있듯이, 얼토당토않은 일을 많이 하는 회사였다. 그래서 가끔은 일이 너무 많고 힘들었고, 종종 일이 너무 없어서 심심하고 지루했다.

그날 한규동은 도저히 지루함을 견딜 수 없어서 사장인 이인선에게 이렇게 물어보았다.

"대표님. 대표님, 이상한 일 많이 겪으셨죠? 대표님이 맡아서 한 일 중에 가장 이상한 일이 뭐예요?"

이인선은 할 일도 없어서 지루한 김에 책상 위에 방석을 깔아 놓고 그 위에 올라가서 누워 자려고 하고 있었다. 한규동에게 그 모습을 들키자 약간 당황한 듯했지만, 곧 천연덕스럽게 책상 위에 앉았다. 그러고는 이렇게 말했다.

"가장 이상한 일은 모르겠고. 오늘 같은 날씨가 되니까 생각나는 일이 하나 있긴 한데. 무서운 거라도 괜찮아?"

한규동이 잠깐 고민해 보고 괜찮다고 하자, 이인선은 다음과 같은 이야기를 들려주었다.

한 초등학생이 사는 집이 있었다. 초등학생은 착하고 부지런한 아이였다. 학생의 부모는 자식이 자랑스러웠다. 이렇게 좋은 아이가 있을까, 우리 아이는 단연 최고겠지, 언제나 뿌듯하게 여겼다.

그런데 어느 날부터 그 초등학생의 안색이 눈에 뜨이게 안 좋아졌다.

"왜 그래? 무슨 일 있어?"

아침마다 초등학생의 표정은 두려움에 질린 것 같았다. 단순히 질린 것이 아니라 기가 빠졌다고 할까, 멍해졌다고 할까, 이상한 얼굴이 되었다.

"귀신을 본 것 같아요."

"무슨 소리야?"

부모는 초등학생이 악몽이라도 꾸었다고 생각하고는 대수롭지 않게 넘기려고 했다. 그러나 갈수록 아이의 상태는 좋지 않아졌다. 부모는 다시 다그쳐 물었다.

"너 정말 왜 그래?"

"밤에 귀신이 자꾸 나타나요. 천장에 나타나서 나를 내려다봐요."

무서워하는 표정은 연기가 아닌 것 같았다.

부모는 초등학생에게 귀신 같은 것은 실제로 없다고 달래 보기도 하고, 무서운 꿈을 꾼 것 같으면 이제부터 공포를 다루는 책이나 만화는 그만 보라고 다그쳐 보기도 했다. 초등학생은 그때마다 고개를 끄덕였다. 하지만 아무리 봐도 아이가 원래대로 되돌아온 것 같지는 않았다. 상태는 갈수록 점점 나빠지는 것 같았다.

"무슨 일이 정말로 있기는 있는 걸까? 애가 정신적으로 무슨 질환을 겪고 있는 건가?"

고민 끝에 부모는 아이가 자고 있는 방에 감시카메라를 설치하고자 했다. 방 안 구석구석을 볼 수 있는 특수촬영 카메라를 설치해 주고 장시간 녹화, 감시도 해 준다고 하는 잡다한 촬영, 영상 일을 하는 회사에 연락하니 밤에도 촬영할 수 있는 장치를 설치해 주었다.

"카메라에 아무것도 찍히지 않았고, 이상한 일도 없다는 점을 영상으로 밝혀 주면, 아이도 더 이상은 귀신이 나타나 천장에서 자기를 내려다본다는 이야기를 하지 않겠지."

그런 후 걱정스러운 표정으로 아이가 방으로 자러 들어가는 모습을 보았다.

그런데, 다음 날 업체 사람과 함께 영상을 확인한 부모는 너무 놀라 주저앉았다. 그리고 바로 경찰에 연락했다.

영상을 보니, 사실 위층에서 바닥을 뚫어 아이의 방으로 통하는 구멍을 만들었고 그 구멍으로 위층에 사는 여자가, 자기 얼굴을 마귀 같은 모양으로 꾸민 채 들이밀고 있었다. 그리고 그 모습으로 자고 있는 아이를 계속 아무 말도 없이 쳐다보고 있었다.

이야기를 하고는 이인선이 말했다.

"여기까지가 일단 이야기 끝이야. 다음 이야기는 알아서 생각하라고."

한규동이 따졌다.

"뭐예요? 그 다음에 어떻게 되는데요? 왜 이런 일이 일어난 건데요. 이게 뭐예요?"

"그게 이 이야기의 원래 바탕이라니까. 다음 이야기는 직접 생각하는 거야."

"너무하잖아요. 무서운 이야기라면서요?"

"무섭잖아."

"끝이 있어야죠. 이건 끝이 없잖아요."

"이게 끝이라니까."

"이게 어떻게 끝이에요. 이야기를 하다 만 것 같잖아요."

"이게 진짜 끝이야. 여기서 뭔가 이야기를 더 해도 그건 가짜 끝이라니까."

"진짜 있었던 일 아니죠? 그냥 대표님이 방금 대충 지어내신 거죠?"

한참 말을 주고받다가, 이인선은 결국 다음 이야기를 들려주기로 했다.

이인선은 다음에 이어지는 이야기는 원래 진짜 이야기의 끝은 아니라는 말을 강조했다. 그러고 나서 이 모든 이야기의 기본이 되는 내용은 실제로 있었던 일이지만, 누구인지 알아낼 수 없도록 하기 위해 일부 사실은 실제로 있었던 일과는 다르게 일부러 내용을 바꾸었다고 밝혔다. 그러면서 들려준 이야기의 마지막은 이러했다.

위층 사람은 곧 경찰에 체포되어 붙들려 갔다.

경찰에서 나중에 해 주는 이야기를 들어 보니, 위층에는 항상 반에서 2등을 하는 아이가 살고 있다고 했다. 이 집 아이가 언제나 1등을 하기 때문에 온힘을 다해서 죽기 살기로 노력을 해 보았지만, 결코 1등을 해 보지 못하고 2등만 했다는 것이다. 그것 때문에 그 집 부모는 너무나 괴로웠고 결국 이 집 아이의 생활을 어떻게든 괴롭게 만들어서 끌어내리기 위해 그런 짓을 했다는 사연이었다.

이후 아이는 다시 회복되었다. 아이는 쾌활해졌고, 부모는 아이를 대단히 자랑스러워하게 되었다. 그런데 얼마 후, 아이가 반에서 2등을 하게 되었다고 했다. 쾌활해진 아이는 그런 사실을 대수롭지 않게 말했다.

엄마가 물었다.

"왜, 어쩌다가 그랬어?"

"새로 전학 온 애가 있는데. 걔는 정말 똑똑하더라고. 애가 힘도 넘치고 쾌활한 애야. 뭐든 다 나보다 잘해."

"그래, 걔는 어디, 몇 동 몇 호에 사는 앤데?"

여기서 이야기를 잠깐 멈추고 이인선이 한규동에게 말했다.

"그런데 진짜 섬뜩한 게 뭔지 알아?"

"뭐… 뭔데요?"

이인선은 이렇게 말하며 이야기를 마무리 지었다.

"엄마가 표정이 좀 이상해지더니, 이렇게 덧붙이더라는 거야."

꼭대기 층에 사는 아이는 아니겠지?

_ 2023년, 대전에서

소원의 정복자

호성은 사람들이 동전을 던지며 소원을 비는 분수대에서 영화를 처음 만났다.

영화가 던진 동전이 잘못 맞아 튀면서 호성의 머리에 맞았다. 영화는 호성에게 사과했고, 호성은 당황해하다가 괜찮다고 인사했다. 그게 그냥 끝인 줄 알았다. 그런데 떠나려는 영화에게 호성이 말을 걸었다.

"혹시, 별로 안 바쁘시면 제가 근처에 식당 맛집 아는데 거기서 점심이나 같이 드시면 어떨까요? 꼭 동전으로 사람 맞혔다고 같이 식사를 해 줘야 되는 게 당연하다, 뭐 그런 건 아니고요. 싫으시면 그냥 가셔도 괜찮아요. 괜히 이런 걸로 사람에게 들러붙는 것도 좀 나쁜 짓이니까요. 그런데 그런게 아니라 오늘 딱히 할 일이 없으셔서 그냥 놀고 싶다, 그런데 그냥 건실한 어떤 남자랑 같이 식사를 해도 좋겠다, 뭐 그런 생각을 하신다면 같이 점심을 드셔도 되기는 되지 않겠나, 그런 이야기를 하는 거죠. 물론 그 정도로까지 제가 건실해 보이지는 않을 수 있죠…. 그런데 그건 아까 동전에 맞은 것 때문에 건실성이 조금 떨어져 보이기 때문에 일시적으로 그런 것이다, 감안을 해 주시면 좀 긍정적으로 생각해 보실 수도 있지 않을까요?"

말을 한 직후, 호성은 앞으로 20년간 다시 기억이 떠오를 때마다 부끄러워할 만한 문장을 입으로 내뱉고 말았구나 하고 생각했다.

영화는 웃으며 호성을 9초 정도 바라보다가, "오늘은 사실 바로 다음 일정이 있어서 어렵겠다."고 말했다. 호성은 얼굴이 빨개져서 고개를 숙였다. 그리고 그러시냐고, 죄송하다고 말하고 돌아서려고 했다. 그런데 곧 영화는 더 큰 웃음을 지으며 이렇게 말했다.

"그런데 내일 저녁은 괜찮아요. 제가 잘 아는 식당 맛집으로 오시라고 연락드릴게요."

그렇게 해서 호성은 영화를 다시 만나게 되었다.

호성은 멋있어 보이려고 갖가지 준비를 했다. 호성은 틈만 나면 영화에게 더 멋있는 모습으로 나타나기 위해 연습했다. 예를 들어, 멋있는 말을 하는 것도 연습했다. "제가 원래 그렇게 막 자신 있게 누구한테 말 걸고 그러지를 못하는데요. 그때 분수대에 동전을 던지면서 '정말 좋은 사람을 만나고 싶습니다'라고 소원을 빌었는데, 정말 소원을 빌고 눈을 뜨자마자 영화 씨가 던진 동전이 딱 날아오더라고요." 이렇게 말을 하면 뭔가 멋있지 않을까. 그러다가 자기 혼자 멋있다고 생각한 말을 녹음해서 다시 들어 보면 엄청 웃기게 들릴 때가 있다는 이야기가 생각이 났다. 그래서 녹음해서 들어 보니 정말 우습게 들렸다. 여러 번 녹음과 재생을 반복해 가며 목소리가 조금이라도 멋있게 들릴 때까지 연습해 보기도 했다.

저녁에 다시 만난 영화는 기절할 만큼 아름다워 보였다. 마땅히 이어져야 하는 대로 대화가 이어지다 보니 준비한 말을 할 기회는 없었다. 대신에 부드럽게 이야기가 흘러가서 다른 질문을 하게 되었다.

"어제 분수대에서 바쁘다고 하신 것, 무슨 일 때문인지 물어봐도 돼요?"

"벌써 물어본 것 아닌가요?"

"물어봐도 되는지까지만 물어본 거죠."

"그럼 물어봐도 된다고 대답할게요. 물어봐도 됩니다."

"…"

"물어봐도 된다고 했으니까, 이제 물어봐야죠?"

"어제 분수대에서 바쁘다고 하신 것, 무슨 일 때문이었나요?"

대화가 재미없다고 생각하면 어쩌나 호성은 걱정했다. 영화와 만나는 것이 이게 마지막이면 어쩌나 하고 생각하기도 했다. 그런데, 그 질문에 대한 영화의 대답이 완전히 예상 밖이었다.

"전 소원을 들어준다는 분수대나 연못이나 뭐 그런 게 있으면 항상 찾아가거든요. 그래서 거기에 소원을 빌어요. 그런 곳을 최대한 다니는 게 제가 시간나면 하는 일이에요."

"그렇게 간절히 빌고 싶은 소원이 있어요? 무슨 시험 같은 걸 준비하시나요?"

영화는 고개를 저었다. 꽤 오랫동안 세게 고개를 왼쪽 오른쪽으로 저었다. 그러고는 이렇게 말했다.

"제가 비는 소원은 딱 하나예요. '앞으로는 사람들이 소원을 비는 이곳에서 더 이상 소원을 들어주는 힘이 사라지게 해 주세요'라고 빌어요."

"네? 왜요?"

"그 소원을 비는 곳에 진짜 소원을 들어주는 힘이 있다면 정말로 그다음부터는 소원을 들어주지 못하는 곳으로 변하겠죠. 그렇게 해서 소원을 들어주는 곳이 없어지는 거죠."

"만약에 그 소원을 안 들어주면?"

"그러면 어차피 거기는 무슨 소원이든 다 들어주는 곳은 아니었던 거죠. 가짜 소원 장소였던 거예요. 그런 곳에는 처음부터 소원을 들어주는 힘은 없다고 봐야겠죠."

"그런 일을 왜 하죠?"

"전국 방방곡곡, 세계 각지를 돌아다니면서 소원을 들어주는 곳을 모두 다 없애는 것이 제 목표예요. 소원을 들어주는 바로 그 힘을 이용해서."

그리고 영화는 굉장히 재미있는 일이라는 것처럼 더 밝게 웃었다.

호성은 어쩌다 보니까 따라 웃게 되었는데, 그런 이야기를 하다가 이런저런 세상의 다른 이야기나 인생 살다가 고생한 이야기나 오늘 낮에 겪었던 웃긴 이야기를 했고, 또한 이런 말 하면 다 망칠 것 같고 이런 이야기를 너무 많이 들어 봐서 아무 감흥도 못 드리고 지겨운 느낌만 받으시겠지만 처음 보았을 때부터 정말 예쁘다고 생각했다는 이야기 등등의 대화를 하다 보니 영화와 더 친해지게 되었다.

호성은 영화를 따라 주말마다, 휴일마다, 혹은 잠깐씩 저녁에 여유가 생길 때마다 곳곳의 소원 들어주는 곳을 찾아다녔다. 재미있는 여행이었고, 즐거운 모험이었다. 가기 힘든 곳도 많았지만, 그런 곳일수록 색다른 일이 생겨 더 좋은 기억이 많이 남았다.

"아니, 망할, 왜 우리나라에는 소원을 들어준다는 데가 다 이렇게 산꼭대기에 무슨 봉우리 같은 데가 이렇게 많아? 무슨 할머니 바위, 산신령 바위, 이딴 게 다 죽자고 산을 올라가야 있어? 유럽처럼 그냥 도시 한가운데에 있는 분수대에 소원 비는 곳이 있으면 좀 좋아."

"좀 그만 좀 투덜거려라. 이렇게 고생을 하면서 올라와야 소원을 빌 기회가 생길 수 있다는 게 확실히 드라마틱하게 느껴지잖아."

"아니, 램프의 지니도 그냥 그릇을 손으로 문지르기만 하면 나와서 소원을 들어주잖아. 왜 이 동네에서는 소원을 빌려면 해발 1231미터까지 산을 올라가야 하는 건데?"

호성은 소원을 비는 곳에 와서도 따로 빌 것이 없어서 그냥 머뭇거리며 있었다. 보통은 눈을 감고 소원을 비는 영화를 쳐다보기만 했다. 언제나 장난스러운 표정을 지을 때가 많은 영화였지만, 그렇게 소원을 비는 모습은 자못 경건했다. 정말로 천사가 어떤 신비한 힘을 세상에 발휘하려고 하는 것 같았다.

그렇게 작정을 하고 살펴보니 세상에 소원을 비는 곳은 생각보다 굉장히 많았다. 세상에 그만큼 간절한 사람들이 많은 건가 싶기도 했다. 바다 한가운데에 있는 암초 위의 형상, 시골 마을 한가운데 서 있는 돌로 된 장승, 1천 살이 넘었다는 어느 동산의 큰 나무, 무슨 이상한 종교의 교주가 만들어 놓은 조각상 같은 곳에 가 본 적도 있었다. 그리고 소원을 빌고 나서, 처음으로 입을 맞추었고, 그냥 그러고 싶어서 한참 둘이 끌어안고 서 있었던 적도 있었다. SNS에서 갑자기 이상한 소문이 나서, 어느 수족관에 있는 엄청나게 커다란 상어와 눈을 마주칠 때 소원을 빌면 그 소원이 이루어진다는 이야기를 들었는데, 그 때문에 상어 앞에서 몇 시간이나 이리저리 왔다 갔다 하면서 눈을 마주쳐 주기를 기다린 적도 있었다.

그러나 젊은 사람들의 즐거운 시간은 흘러갈 곳이 많은 지라, 시간이 흐르자 결국 두 사람은 멀어지게 되었고 어느 날엔가는 서로 헤어지자고 이야기하게 되었다.

마지막으로 두 사람이 만났을 때, 어떻게 마지막 말을 해야 할지 몰라 호성은 끝끝내 머뭇거리기만 했다. 그래서 이런저런 아무 쓸데없는 이야기만 했는데, 그러다가 영화는 이렇게 말했다.

"세상은 그냥 정해진 원리대로 이치에 맞게 돌아가는 거잖아. 소원을 빈다는 이유만으로 모든 것을 초월해서 그 소원이 그냥 이루어진다면 그건 굉장히 이상한 거야. 세상이 돌아가는 걸 망가뜨리는 특별 예외 규칙 같은 게 있다는 얘기잖아. 그러면 세상의 원리에 구멍이 숭숭 뚫린거나 다름없어. 그런 건 똑바로 된 세상이 아니지. 그래서 그런 소원을 비는 곳이 없어지도록 항상 그런 곳이 없어지게 해 달라고 소원을 빌어야 돼. 이런 것은 꼭 필요한 임무야. 여러 사람이 긴 세월에 걸쳐서라도 수행해야 되는 거라고."

"그게 갑자기 무슨 황당한 소리야? 네가 무슨 대대로 소원 비는 곳을 없애는 가문에서 태어난 딸이라는 거야? 네가 무슨 소원 비는 곳 없애기 비밀 조직 대원이야? 왜 지금 그런 말을 해?"

영화는 그 말에 대답을 하지 않았고, 그냥 한 방울씩 눈물만 흘렸다. 호성은 소리를 내어 엉엉 따라서 울고 싶었는데, 그래 봐야 아무것도 이루어지는 일은 없을 것 같아서, 온힘을 다해서 참다가 집에 돌아와서는 어두운 방 천장만 보면서 다섯 시간인가, 여섯 시간인가, 밤새 한숨만 쉬었다.

그리고 시간이 흘렀다.

시간이 지나면서 호성은 힘든 일, 웃긴 일, 골치 아픈 일, 재미있는 일들을 많이 겪었다. 그러면서 세상이 얼마나 멍청하고 바보 같은 곳인지, 얼마나 한심하고 별것 아닌 일들뿐인지 알아가게 되었다. 그리고 그런 만큼 종종 무섭고 두

려우며 또한 답답하고 괴로운 마음에 시달렸다. 그 모든 것을 거쳐 호성은 결국 자기가 어떤 것을 바라며 무엇이 필요한지를 깨닫게 되었다.

그래서 호성은 시간이 날 때마다 혼자서 소원을 들어준다는 곳들을 찾아다니기 시작했다.

가끔 호성과 가까워지는 사람이 있어서, "호성 씨는 취미가 등산이에요?"라고 물으면 그냥 그렇다고 대답했다. 목적지는 매번 달라졌다. 그렇지만 한번 정한 목적지가 있으면, 도중에 다른 구경거리가 있어도 들르지 않았고, 빡빡한 일정이면 서두르기도 하면서 놓치지 않고 정확히 소원 들어주는 곳으로 향했다. 매번 도망치는 것처럼 찾아갔고, 돌아오면서는 무엇인가를 잃어버린 것처럼 쓸쓸해했다.

그런 일이 한참 반복되었다.

그러다 한번은 호성이 소원을 들어준다는 어느 산기슭의 무슨 바위를 찾아갔을 때였다. 아침 이른 시간이라 산길 주변은 온통 안개로 휩싸여 있었다. 바위를 향해서, 호성은 지난 수십 번 했던 것처럼 간절한 마음으로 소원을 빌었다.

그런데 소원을 빌고 고개를 들었는데, 영화가 서 있었다. 처음에는 아무 표정도 없는, 몇 천 번이고 쳐다보던 사진이 싶은 얼굴이었다. 그런데 영화는 조금씩 웃음을 지었다.

영화는 호성의 놀란 눈을 한 번 바라보더니, 바위를 한 번 쳐다보았다. 그리고 곁눈으로 호성을 다시 보았다. 그러고는 이렇게 말했다.

"무슨 소원 비는 바위에, 이렇게 새벽같이 이른 시간에 오는 사람이 다 있어?"

호성이 대답했다.

"혹시라도 누가 소원 없애 버리는 걸 빌기 전에 내가 먼저 소원을 빌려고 제일 먼저 오는 거지."

영화는 호성을 다시 바라보았다. 눈물을 흘리고 있는 것 같았다. 영화는 고개를 돌려 다시 바위를 보았다. 울먹이는 소리가 아침 안개에 녹아들었다. 영화가 다시 물었다.

"무슨 소원을 비는데?"

호성은 말을 하려고 했다. 너무너무 보고 싶다고, 한 번만이라도 더 만나게 해 달라고. 그렇게 소원을 빌었다는 이야기를 하려고 했다. 그런데, 이번에는 연습도 하지 않은 말이라, 입을 열고 멋있게 말을 하려고 할 때마다 갑자기 우는 목소리가 나와서 몇 번이고 망설이기만 했다.

_2022년, 목동에서

해탈
의
길

무엇인가 이상하다고 사람들이 생각하기 시작한 것은 이틀 전 무렵부터였다. 갑자기 전쟁터에서 전투가 멈추었다. 경찰과 치열하게 싸우고 있던 갱단도 싸움을 멈추었다. 갱단과 싸움을 하고 있던 다른 갱단도 싸움을 멈추었고, 경찰과 싸움을 하고 있던 부패한 경찰 무리들도 싸움을 멈추었다. 남의 집에 침입하던 강도도 침입을 멈추었고, 학교에서 같은 반 학생의 돈을 빼앗으려던 학생도 그 일을 멈추었다. 마찬가지로 쓰레기 같은 암호화폐를 만들어 사기를 치려던 사람도 상장 작업을 멈추었거니와, 연예인의 얼굴 표정과 말실수 한마디에서 작은 흠을 잡아낸 뒤에 그것이 얼마나 비열하고 사악한 짓인지 떠들어 대는 글을 올리며 기뻐하는 인터넷 사용자도 본인은 재치 있다고 생각하던 비난의 말들을 멈추었다. 얼토당토않은 소리를 국회에서 지껄이며 말도 안 되는 제도를 실시하면 그것으로 국가와 민족을 구할 수 있다고 부르짖던 한심한 정치인도 정치한다며 거들먹거리는 일을 멈추었다.

멈춘 그들은 대신 기쁨에 빠져들었다. 그리고 큰 즐거움을 느꼈다. 어느 때보다 밝은 기분과 이제야 모든 답답한 것들을 떨쳐 냈다는 상쾌함을 느꼈다. 그것은 거대한 자유였고 막대한 해방감이었다. 지금껏 왜 멍청하고 허황된 싸움과 쓸데없는 분노에 그렇게 많은 삶을 사용했는지 허탈하게 느껴질 정도였다. 그러나 그 허탈함은 짜증스럽고 후회스럽지 않았다. 그것은 긍정적인 허탈함이었다. 심하게 허탈한 만큼, 지금 이 모든 것을 깨우치고, 기쁘고 즐겁게 살 수 있다는 것을 알게 되었다는 긍정적인 고양이 더욱 커졌다.

세계 곳곳에는 갑작스럽게 평화가 찾아왔다. 갈등이 해소되었다. 해묵은 대립도, 영원히 끝나지 않을 것 같은 다툼도 끝을 맺었다. 사람들은 갑자기 서로를 이해하기 시작했고, 세상 그 자체를 있는 그대로 받아들이며 그 속에서 참된 삶을 찾았다고 느꼈다. 그리고 그 기쁨과 즐거움의 상태는 모든 의구심의 해소로 이어졌다. 기쁨과 즐거움의 깨달음을 얻은 사람들은 인생에 걸쳐 자신이 찾고자 했던 것을 바로 지금 찾았다고 생각했다. 모두가 기뻐하는 웃음소리, 즐거워하는 노래와 같은 흥얼거림으로 사람들 주변이 가득 차기 시작했다.

다음 날이 되자 사람들은 이러한 변화가 세계 전체로 빠르게 퍼져 나가고 있다는 걸 느끼기 시작했다. 사건이 세상에 알려지기 시작한 직후에 이러한 변화를 낯설고 이상하게 여기는 사람들도 있었다. 마지막까지 전쟁터에서 적을 제압해야 한다고 주장하던 장군들과 정치인들은 침략한 땅을 버리고 고향으로 돌아가려고 하는 병사들을 처벌하려고 했다. 그러나 그들조차도 곧 무엇이 세상 사람들을 휘감고 있는지 알게 되었다. 그것은 기쁨과 즐거움과 자유와 해방감과 깨달음의 높은 경지에 대한 느낌이었다. 둘째 날이 지날 때즈음 세상 사람들은 갑작스럽게 찾아온 이러한 변화에 모두 놀라면서도 감동과 환희로 받아들이게 되었다.

셋째 날이 되자 거의 세계 전체에 이러한 변화가 모두 퍼지게 되었다. 심지어 가난과 질병으로 고통 받고 있던 사람들조차 괴로움과 불안을 느끼지 못하게 되었다. 대신 그들의 마음속에는 웃음과 노래가 가득 찼다. 더 이상은 안타까울 것도 없고 울적할 것도 없었다. 이것은 술이 던져 주는 잠깐 무뎌지는 느낌이나 싸구려 농담으로 잠시 웃는 감각과는 달랐다. 그저 잠깐의 쾌락이 뇌 신경을 타고 흐르는 것이 아니라, 진정으로 긴 시간의 노력 끝에 얻는 참된 성취의 보람과 같은 기분이었다. 혹은 오랜 시간 남을 돕고 성실하게 살면서 차근차근 쌓아 나간 덕 때문에 깊은 평안함을 느끼는 것과 같은 기분이었다. 그러면서도 가슴이 북받쳐 오르는 것 같은 짜릿하고 강렬한 감정도 모든 사람들 사이에 함께 퍼져 나갔다.

그것은 세상 모든 것을 다 초월하여 이제야 이런 모든 것을 다 알았다는 생각을 다 같이 할 수 있게 되었기 때문이었다. 얼마 전까지 눈물을 흘리고 소리지르던 사람들이 이제는 모두 한데 얼싸안고 어울리며 새로운 경지에 감사하고 서로를 축복하며 영원히 계속될 것 같은 무한한 행복감에 빠질 뿐이었다. 드디어 삶을, 인생을, 우주를, 모든 고민에 대한 답을 모두가 깨끗하게 다 얻는 복되고 복된 느낌이었다.

도대체 어떻게 해서 이런 일이 벌어질 수 있었을까? 이 엄청난 기쁨과 즐거움의 변화 속에서 세계적으로 많은 존경을 받던 한 사상가는 전 세계 매체를 통해 중계되는 인터뷰를 통해 이렇게 자신의 생각을 설명했다.

"우주가 생기고 우주에 그 많은 다양한 물질이 생겨나고 그 물질들이 뭉쳐서 우주에 가득한 그 끝없이 많은 숫자의 행성들이 생겨나고, 수십억 년 동안 행성에서 생물이 탄생해 변화해 온 진화의 세월을 거쳐 사람처럼 생각하고 번민하는 생물들이 생겨난 그 엄청난 많은 일들이 우주에서는 일어났습니다. 도대체 그 모든 일들은 왜, 뭐하러 일어난 것일까요? 그것은 아주 숭고하고도 거대한 계획의 일부였다고 할 수 있을 겁니다. 그리고 우리 인류라는 종족은 드디어 지성을 발전시킨 이해의 경지와 감정을 심화시킨 예술의 경지에서, 그 거대한 계획에서 필요했던 어떤 수준에 도달한 것입니다. 그리고 그 수준에 도달했기 때문에, 그전까지와는 다르게 우리는 지금과 같은 깊은 행복을 모두 같이 얻은 것입니다. 다들 아실 것입니다. 말로는 뭐라고 표현할 수 없죠. 그렇지만, 드디어 모든 것을 깨달아 새로운 경지에 오른 말로 할 수 없는 오묘한 깨우침을 모두가 느끼시고 계시지 않습니까?"

그의 말을 듣던 수많은 사람들은 감격의 눈물을 흘리고 있었다.

"새로운 우주의 새로운 경지로 나아갈 수 있는 수준으로 우리의 문명이 도달하면서, 우리는 어느 순간, 과거에 우리가 알고 있던 모든 상식과 이론을 초월해서 갑자기 인류 모두가 다 함께 이런 상상할 수 있는 최고의 기쁨과 상상을 초월하는 최고의 즐거움을 얻게 될 것입니다. 이런 것이 우주의 가장 중심에 흐르는 진리의 거대한 흐름일 것이고 우리 인류의 정신은 이제 그 흐름의 다음 단계로 진입하게 되면서 그전과는 완전히 다른 세상에 들어선 것입니다. 아마도 이것이 사람들이 생각했던, 죽어서 천국에 왔을 때의 느낌일 것입니다. 쉽게 말하자면, 우리 인류의 정신 문명이 우주의 심대한 계획에 따른 수준에 도달하면서, 그것이 바로, 우리 모두를 천국에 온 상태로 만들어 준 것 아닐까요?"

그도 눈물을 흘리기 시작했다. 그의 말과 같은 단어와 문장을 사용하지는 않았지만, 세상 사람들 모두는 같은 생각이었다. 바로 이것이 가장 진정하고도 가장 극치에 도달한 행복인 것이다.

그러나 한 광고 회사에서 최신 유행을 감지하기 위해 가동하고 있던 인공지능 프로그램인 헤븐GPT는 그 사상가의 설명과는 전혀 다른 계산 결과를 만들어 내고 있었다.

헤븐GPT는 세상 사람들이 모든 문제에 대한 깨달음을

얻었다고 생각하고 있지만, 사실 그 누구도 삼각김밥 포장 방식을 개선하는 문제에 대한 좋은 답조차 아직 만들어 내지 못하고 있다는 점을 정확하게 파악하고 있었다. 인류 모두가 드디어 모든 것을 깨달았다며 날뛰고 좋아하고 있지만, 실제로 세상의 문제가 해결되거나 새로운 지식이 형성되고 있는 것은 없었다.

헤븐GPT는 대신 공기 중에 이상한 성분 물질이 조금씩 퍼져서 세상에 모두 들어찼다는 사실을 알게 되었다. 동시에 그 이상한 물질을 빨리 접하기 어려웠던 밀폐된 잠수함에서 생활하던 사람들이나 우주선에 타고 있던 사람들이 이 변화에 가장 늦게 빠지게 되었다는 점도 알아냈다. 헤븐GPT는 곧 공기 중에 사흘 전부터 퍼지기 시작한 이상한 물질을 추적하기 시작했다.

헤븐GPT는 지구 바깥 우주에 머무르고 있던 소형 기계 장치가 그 이상한 물질을 지구에 살포하고 있다는 사실을 알아냈다. 그리고 헤븐GPT는 소형 기계 장치에 오고 가고 있는 통신을 잡아낼 수 있었다. 통신에서는 소형 기계 장치를 보낸 주체가 어느 외계인 종족임을 밝히고 있었다.

통신 내용은 대략 요약하자면 다음과 같았는데, 그 시작 부분이 특히 중요하다는 결과가 나왔다.

"이제 우리가 지구를 파괴하기 위한 모든 준비가 다 끝났습니까?"

"그렇습니다. 이제 지구를 비롯한 모든 태양계를 다 폭파시켜 버리면 됩니다."

헤븐GPT는 이 통신 내용을 사람들에게 알리고자 했다. 그러나 그저 환희의 감정에 빠져 있는 전 세계 사람들은 헤븐GPT가 출력하는 "광고를 위해 꼭 파악해야 할 시사 동향" 정보 같은 것은 아무도 유심히 보지 않았다. 헤븐GPT는 계속해서 너무나 중요하다는 결과가 나오고 있는 우주 물체의 통신을 감지해서 알리고자 했다.

"태양계를 다 폭파시키면 그 순간 태양계의 생명체들도 다 파괴될 텐데, 지구인들이 모두 한순간에 파괴되어도 정말 괜찮습니까?"

"괜찮습니다. 지구인들은 우리 기준으로 볼 때 굉장히 지능이 떨어지는 하등한 생물입니다. 약간의 지능과 감정을 갖추고 있기는 하지만, 지능은 더하기, 빼기, 곱하기, 나누기 정도를 하는 것 정도고 일부 훈련을 시키면 미분, 적분 정도를 하는 지구인도 생기기는 합니다만, 다들 싫어하는 분위기죠. 고작 미분, 적분 정도도 감당을 못하는 지능입니다. 엄청나게 하등한 수준이죠. 그게 한계입니다. 감정이라고 해도, 그냥 기분 나쁘면 싸우자, 기분 좋으면 친구하자, 뭐 그 정도지 대단한 것은 없습니다. 감정이라기보다는 일종의 신경 반사에 가깝죠. 우리 입장에서 보면 지구에 사는 다른 동물들, 예를 들면 돌고래나 문어와 별 차이는 없습니다. 아닌게 아니라 자기들끼리도 걸핏하면 서로서로를 향해 '개 같다'고 많이들 표현하거든요. 우리들의 지성이

100이라면, 문어는 0.001, 사람은 0.01 정도입니다."

"0.01이면 사실상 거의 없다고 할 수 있겠네요."

"그렇죠. 그러니까 초공간도약 항법에 꼭 필요한 우주 도약 통로를 확보하기 위해서 태양계라는 이 쓸데없는 지역을 폭파시키는 데는 별다른 고민을 할 필요는 없습니다. 원래 길을 하나 새로 뚫으려면 이것저것 철거하고 밀어 버리는 게 생기지 않습니까? 여기 사는 생물 정도면 별로 희귀한 것도 아니고 보존 대상이 될 정도로 아름다운 생물도 아닙니다. 그냥 폭파하면 되죠. 이번에 새로 통로가 확보되면 교통 효율이 12퍼센트는 향상될 거거든요."

"12퍼센트면 꽤 크네요."

우주에 떠 있는 소형 기계 장치들은 그러고 나서 태양계를 단숨에 모두 폭파하기 위해 에너지를 충전했다. 통신은 이어졌다.

"그런데, 지구를 파괴해 버리려면 그냥 바로 다 파괴하면 되지, 뭐하러 지구인들에게 지구인들의 뇌가 상상할 수 있는 가장 강한 행복감을 뇌 신경이 느끼게 해 줄 수 있는 약품을 왜 사흘 전에 살포한 겁니까?"

"아시잖아요? 요즘 우주건설위원회 위원들이 요즘 어떤 생각을 하는지. 나름대로 하등한 생물이라도 어느 정도의 권리는 넓게 보장해 주자는 너그러운 생각이 요즘 많이 퍼져 있죠. 그래서 동물복지 차원에서 그런 약품을 좀 뿌려 준 거죠. 특히 이 태양계에 사는 지구인들 문화를 그대로 따라한 겁니다. 지구인들은 자기들이 잡아먹을 동물들을 도살하기 전에 각별히 편안하게 살게 해 주고 고통 없이 생명을 빼앗으면 복지를 잘 챙겨 줬다고 생각하더라고요. 그래서 그대로 해 주려고 하고 있습니다. 지구인들은 이제 모두 폭파당해서 다 녹아 버리면서 생명을 잃을 거거든요. 그런데도 지금 같이 완전히 저희 약품에 취한 상태에서는 그게 무슨 우주의 심오한 발전에 따른 새로운 경지로 나아가는 것이고 자아와 의식을 잃어버리는 더 초월적인 상태이고 어쩌고저쩌고 하면서 다들 좋다고 여길 거니까요."

마지막으로 헤븐GPT가 포착한 통신은 다음과 같았다.

"그래서 새로운 길을 뚫기 위한 이번 폭파 작업을 하기 직전까지 지구인들 전부에게는 행복감을 느끼게 해 주었고, 화성에 사는 미생물들과 유로파에 사는 연체동물들에게는 각각 많은 영양분을 흡입하는 즐거움과 촉각세포로 따뜻함을 느끼는 즐거움을 극대치로 주기로 했지요."

_ 2023년, 용인에서

하늘의 뜻

정희의 외증조할머니는 많은 사람들이 찾는 무당이었다. 외증조할머니의 어머니, 그분의 외할머니도 마찬가지였다. 그분은 호귀마마라는 신령을 모셨다고 한다. 호귀마마는 전염병, 특히 천연두를 조절할 수 있는 힘을 갖고 있는 신령이었다고 한다. 그래서 호귀마마가 어떤 사람에게 잘못 씌이면 그 사람은 저주를 받아 천연두 같은 전염병에 걸리게 된다. 반대로 호귀마마가 괴롭힘을 멈추고 그 사람 곁에서 떠나면 그 사람은 다시 낫게 된다. 그러므로 호귀마마를 어떤 식으로 기쁘게 해 주어야 하는지, 어떻게 호귀마마에게 기도하는지를 잘 익히고 있으면 쉽게 신령에게 씌인 상태에서 벗어날 수 있을 것이다. 그러면 병에서 낫게 된다고 보았다.

그런데 외증조할머니는 어느 날 장터에서 천연두 예방을 위한 백신을 접종해 준다는 간호사를 만났다고 한다.

마침 천연두 백신이 우리나라에 본격적으로 널리 퍼지기 시작했을 무렵이었다. 그 간호사의 이야기를 들어 보니, 천연두는 천연두 바이러스라고 하는 바이러스가 일으킨다는 사실이 밝혀졌다고 했다. 그리고 그 바이러스만 막아 내면 천연두에 걸리지 않는다고 했다. 백신이라는 것을 주사로 몸에 맞으면 그 약의 효험 때문에 천연두 바이러스가 몸에 들어와도 힘없이 파괴된다고도 알려 주었다. 처음 외증조할머니는 그 이야기를 믿을 수 없었다. 하지만 의심나는 것은 몇 번이나 간호사에게 물어보고 또 잘 이해할 수 없었던 것도 물어서 따져 보려고 했다. 물어보면 볼수록, 간호사의 말은 맞는 이야기 같았다. 사람이 천연두에 걸리느냐 마느냐 하는 것은 호귀마마 신령과는 아무 상관이 없었다. 천연두 바이러스 때문이었다.

외증조할머니는 그날로 무당 생활을 그만두었다.

대신에 무당으로 굿을 하면서 노래를 하고 춤을 추는 것에 익숙해졌기 때문에, 그냥 사람들에게 노래나 춤을 알려 주는 일을 하면서 지내게 되었다. 외증조할머니의 딸인 외할머니께서는 부지런히 학교에 다니셔서 결국 음악 선생님이 되었는데, 외할머니가 음악 선생님이 된 것도 그 어머니의 기질을 이어받은 것인지도 모른다. 그리고 정희의 어머니는 스포츠센터에서 에어로빅과 줌바댄스를 가르치는 강사로 일했다. 가족들은 정희의 어머니도 외할머니와 그 조상들의 재주를 이어받은 것 같다고 이야기하곤 했다.

그런데 정작 정희는 노래를 잘하지도 못했고, 춤에도 별 관심이 없었다.

아주 못하는 것은 아니었지만, 그런 일을 별로 재미있게 생각하지는 않았다. 대신에 정희는 어릴 때부터 우주 모험담이나 로봇 이야기를 좋아했다. SF 만화에 나오는 미래의 모험가들을 멋지다고 생각했고, 영화에 나오는 로봇이나 우주 괴물들을 좋아해서 그런 것들을 표현한 장난감을 모으곤 했다. 정희는 그런 이야기들을 다룬 책들을 읽는 걸 좋아했고, 그와 관련된 사연들을 끝없이 찾아보며 시간을 보내는 것도 좋아했다. 그렇게 정희는 과학에, 화학과 물리학에 차차 관심을 갖게 되었다. 전자공학이나 컴퓨터 프로그램 같은 것에도 호기심을 갖는 아이로 자라났다.

그러다가 열세 살 때 정희가 심하게 한 번 앓은 적이 있었다. 병원에서는 독감에 걸린 거라고 했다.

그런데 마침 사춘기가 시작될 무렵이라, 독감을 경험하는 몸의 느낌이 그전과는 전혀 달랐다. 정희는 이상한 기분을 느꼈고, 독감을 앓는 동안 감각의 혼란을 느꼈다. 기이한 꿈을 꾸기도 했고, 난생처음 가위에 눌리기도 했다. 너무나 실제와 똑같이 느껴지는 생생한 기분 속에서, 정희는 화려하게 꾸민 한복을 입고 머리카락을 요란하게 장식한 어느 귀한 부인 같은 사람이 자기에게 다가와서, 웃기도 하고 꾸짖기도 하고 긴 이야기를 중얼거리며 들려주는 환영 같은 장면을 보기도 했다.

헛소리를 하며, 헛것을 볼 정도로 고생하는 정희를 지켜보면서, 정희의 어머니와 외할머니는 당황하고 걱정했다. 정희가 독감을 앓던 때의 이야기는 가족과 친척들 사이에도 퍼져 나갔다. 그 때문에 그 이야기는 다른 주변 사람들에게도 더 널리 퍼졌다.

얼마 후 서신보살이라는 사람이 정희네 집 사람들을 찾아왔다. 서신보살은 그전부터 얼굴을 알고 지내던 이로 옛날 외증조할머니의 제자의 제자의 제자라는 사람이었다. 서신보살은 정희가 아픈 것은 신령이 찾아왔기 때문이라고 말해 주었다. 어쩌면 가위에 눌렸을 때 본 그 부인이 옛날 그 호귀마마 신령일지도 모른다고 했다. 어찌 되었든 정희는 무속인이 되어 하늘의 신령들과 통하면서 그 뜻을 이어 가는 사람이 되어야 한다고 주장했다.

정희의 어머니는 정희는 그런 것에 관심도 없고 좋아하지도 않는다면서 거절했다. 그런데, 한 번 그 이야기를 듣고 나니 그 생각이 머리에서 떠나지 않았다.

가끔 또 정희가 아플 때가 있거나, 혹시 정희 주변에서 나쁜 일이 생기면 이것도 하늘에서 정희에게 내려올 운명인 신령이 벌인 일은 아닌가 하는 생각이 자꾸만 들었다. 그래도 정희의 어머니와 외할머니는 더 이상 서신보살을 만나려고 하지는 않았다. 그러자 서신보살은 정희의 등굣길에 찾아오거나 정희가 친구들과 놀고 있을 때 나타나곤 했다. 신령을 모시는 굿을 한 뒤 정희는 하늘의 뜻을 받드는 삶을 살아야 하는 운명이라고. 그렇게 살지 않으면 자꾸 잡귀들이 들러붙을 것이고 신령이 정희를 아프게 하고 정희의 정신을 괴롭히게 될 것이라고 서신보살이 말했다.

주변에서 계속 그런 말을 듣다 보니, 정희는 가끔 이상한 기분이 들 때도 있었다.

남들은 그냥 대수롭게 여기지 않을 우연한 형체를 보거나, 흘깃 별것 아닌 모호한 것이 눈에 뜨였을 때, 혹시 자신이 귀신을 본 것은 아닐까 고민하게 되었다. 그런 생각을 할수록 생각은 점점 더 깊어지기 마련이어서, 나중에 정희는 우연히 텔레비전이나 인터넷 동영상으로 신령에 대한 주문을 듣거나 의식 장면을 보았을 때, 그것이 너무 강렬하게 느껴져서 비명을 지르거나 호흡이 곤란해지는 느낌을 받기도 했다. 어떤 사람들은 그것도 다 정희에게 하늘의 신령이 내려오는 증거라고 말하기도 했다.

자신은 신기가 있다고 주장하거나 남들보다 혼령을 느끼는 감이 뛰어나다고 말하기를 좋아하는 아이들이 가끔 있다는 사실을 정희는 알고 있었다. 그러나 정희는 그런 아이가 되고 싶은 마음이 전혀 없었다. 정희는 여전히 화학과 물리학에 관심이 많았다. 수학 실력도 꽤 좋은 편이었다. 사춘기 아이였으니 정희도 남들에게 주목을 받고 싶다는 마음은 갖고 있었다. 하지만 신비한 주술적인 힘을 갖고 있다는 말로 주목을 받기보다는, 어릴 적 본 영화에서 나오는 멋있는 우주선 조종사나 로봇 기술자 같은 사람이 되어 존경을 받고 싶었다.

고민 끝에 정희는 가장 친하다고 생각한 학교 친구에게 이 모든 일을 다 털어놓았다.

그런데 그 이야기가 어떻게 새어 나갔는지, 학교에서 정희는 '무당집 딸'로 소문이 나 버렸다. 이미 외증조할머니 때 그 직업을 스스로 그만두고, 외할머니, 어머니 모두 무속과는 아무 상관없는 직업을 갖고 살았지만, 아이들은 정희를 그런 식으로 불렀다. 일단 그게 놀림거리가 될 수 있고, 사람을 낮추어 욕할 수 있는 근거가 된다고 여기자, 아이들은 정희를 모질게 대했다. 정희는 따돌림당했고, 비웃음거리가 되었다. 그런 상황에 처하니 정희는 점차 자기는 어쩔 수 없이 이런 운명을 타고났으며 그냥 그 길로 살아야 하는 것 아닌가 하는 마음으로 빠지기도 했다.

중학교에 가서도 정희는 비슷한 생각에 계속해서 시달렸다. 견디다 못해 정희와 정희의 어머니는 다른 무속인을 찾아가기도 하고, 실력이 뛰어나다는 역술인을 찾기도 했다. 외증조할머니의 제자와 그 제자들 중에는 진지하게 이런 계통의 일에 대해서 해박한 지식을 갖춘 사람들이 있었고, 서신보살이 아니라고 하더라도 그중에는 소식을 주고받는 사람들이 있었다. 그래서 정희는 서로 다른 방법, 서로 다른 장기로 사람의 운명을 살펴본다는 온갖 사람들을 만났다.

그런데 그 모든 사람들의 말은 어떻게 그럴 수 있는지, 모두 다 비슷비슷했다. 하늘의 뜻이다. 정희는 하늘의 뜻을 전해 주어야 하는 운명을 타고난 사람이라고 했다. 하늘의 신령들이 어떻게 움직이면서 하늘의 뜻이 어떻게 변하는지를 알려 주지 않고는 못 배길 운명이라는 것이었다.

너무나 답답해서 정희는 심지어 타로카드로 그 사람에 대해서 살펴 준다는 사람까지 만나 보았다. 우연인지는 모르겠지만, 정희는 두 번이나 탑이 그려진 카드를 뽑았다. 몇 차례 무엇인가를 더 따져 보더니 타로카드를 읽는 사람은 그 카드의 의미는 신이 사는 집이라는 뜻이라고 말해 주었다. 그러면서 정희가 하늘의 뜻을 읽거나, 하늘의 신령과 대화하는 일을 해야 할 거라고 이야기했다. 정희는 눈물을 흘렸다. 타로카드를 읽어 주는 사람은 갑작스레 정희가 눈물을 흘리는 것에 놀라서 괜찮냐고 몇 번이나 되물었다.

정희가 고등학생이 되었을 즈음에는 이제는 그냥 다른 직업보다는 무속인이 되어야 하지 않겠는가 하는 생각도 자주 했다. 마침 학교 공부하는 것도 어렵고 지겨울 무렵이었다. 그러니 공부가 하기 싫어서라도 더 그런 계획에 더 이끌릴 만했다. 정희는 중학교, 고등학교 시절에는 이런 문제에 대해서 학교에서는 아무에게도 말한 적이 없었다. 그냥 혼자서 새기기만 하는 생각이었다. 말도 없이 자기 혼자만 끝없이 곱씹는 생각이다 보니 정희는 그 생각에 더욱 빠져들었다. 정희의 외할머니는 끝까지 탐탁지 않게 생각했지만, 정희의 어머니는 이렇게 된 것 어쩔 수 없이 정희가 고등학교를 졸업하면 굿을 하고, 정희가 운명에 따르는 직업을 갖게 해야 하지 않겠냐고 주위 사람들과 이야기를 나누기도 했다.

사람의 마음이란 엉뚱한 것이어서, 평소에 별로 관심이

없던 것이라도 자신이 그것을 부당한 이유로 할 수 없게 된다고 생각하면 어쩐지 그것이 조금은 소중하게 느껴지게 되고 아깝게 여기게 되며, 눈길이라도 한 번 더 가게 된다. 지겨운 수학 문제나, 재미없는 물리학 이론에 관한 것이라도 마찬가지 현상이 생길 수 있다.

게다가 사실 정희는 어릴 때부터 그런 분야에 관심이 많은 아이였다. 고등학교를 졸업하면 자신의 운명으로는 접할 수 없는 것이 그런 과목이라는 느낌을 갖게 되니까, 이상하게도 그런 과목에 더 애착이 가고 더 재미를 느끼게 되었다. 내 운명을 누가 정해 주길래, 나는 이런 건 못하는 거지? 생각하면 할수록 마음이 갑갑했다. 어느 날 한번 후련하게 마음껏 해 보겠다는 마음으로 정신없이 공부하다가도, 또 다른 날은 다 부질없다는 생각에 맥이 풀려서 울기도 했고, 그러다 보면 멍한 정신 사이에 귓가에서 무슨 신령인지 귀신인지가 속삭이는 것은 아닌가 싶은 이명이 들리기도 했다.

4월 26일. 정희는 날짜도 기억한다. 날씨가 굉장히 좋았던 어느 봄날이었다.

정희는 학교 뒷동산에 앉아 그 무렵 문득 빠르게 가까워지고 있던 학교 후배에게 이런저런 이야기를 하다가 몇 년 동안 가장 큰 고민으로 마음에 담아 두던 그 이야기까지 꺼내게 되었다. 처음에는 또 소문이 나면 학교 생활이 곤란해질 테니 아무리 친한 친구에게도 그 이야기만은 하지 않으려고 했다. 그러나 그 후배에게만은 설령 그런 나쁜 일들이 생겨서 앞으로 남은 삶이 온통 꼬여 버린다고 해도 그냥 후련하게 털어놓고 싶었다. 너무 가슴이 터질 것 같아서, 될 대로 되라는 생각도 있었던 것 같다.

"나는 하늘의 뜻을 전해 주어야 되는 그런 운명이래."

그런데 후배는 정희의 이야기를 끝까지 제대로 듣지도 않고도, 무슨 재미난 농담이라도 되는 것처럼 이렇게 대답했다.

"선배, 그거 대박인데요. 그러면 선배는 지구물리학과나 기상학과 같은 데로 진학해서 나중에 기상대 같은 데로 취업하시면 되겠다. 그거 멋진대요? 선배 잘 어울릴 것 같아요. 구름이 얼마나 끼는지, 하늘에서 눈이나 비는 내리는지, 그런 미래를 예측해서 알려 주는 거, 그런 게 하늘의 뜻을 알려 주는 거 아니에요? 그러면 산 위에 있는 높은 탑같이 생긴 기상대 같은 데서도 근무하고 그러면 힘드려나. 선배, 왜 그렇게 저를 쳐다봐요? 선배? 왜 그래요?"

그렇게 해서 정희는 기상학과에 진학하기로 결심했고, 누구보다도 열심히 살기 위해 가장 신나게 애를 쓰는 사람이 되었다.

지금 대한민국 사람들은 매일 저녁 텔레비전에서 정희가 출연하는 일기예보 방송을 본다. 기상 예보 회사의 일간 예보 책임팀장이 된 정희는 매일 팀원들과 함께 모든 측정 결과를 종합해서 계산한 결과를 가지고, 세상 사람들에게 자신이 알고 있는 것을 전해 주는 일을 하며 산다. 내일, 저 하늘은 과연 정말 어떤 모습이 될 가능성이 가장 높은지.

_ 2021년, 뚝섬에서

백두 유령여기 X2
자주 묻는 질문(FAQ)

Q. 백투 유령여기 X2는 뭔가요?

A. 백투 유령여기 X2는 자신의 집이나 일터에 유령이 있는지 없는지 의심스러우신 분들, 유령이 어디에 있는지 알고 싶어서 잠을 이루지 못하는 분들에게 큰 인기를 얻고 있는, 이 시대를 새롭게 변화시키고 있는 제품입니다. 신개념 인공지능 차세대 디지털식 AR 스마트 SaaS 타입 제품이라고 소개할 수 있겠습니다.

Q 백투 유령여기 X2를 처음 샀습니다. 어떻게 사용하나요?

A 백투 유령여기 X2의 전원을 켜시면, 먼저 주변 노이즈를 감지하기 위한 배경 신호 측정 작업이 실행됩니다. 이 작업은 특정 장소에서 사용하시기 전에 한 번만 수행하면 됩니다. 배경 신호 측정 작업이 완료되고 난 뒤 측정 버튼을 누르시면 기계 주위의 신호가 감지되며 혼백 신호가 발생되는 방향을 표시해 줍니다. 특유의 탁월한 유저 익스피

리언스로 사용자에게 보여 주는 바로 그 방향에 혼백 신호가 있다는 뜻입니다!

Q   백투 유령여기 X2는 어떤 원리로 혼백 신호를 감지하나요?

A   예로부터 사람은 유령을 보지 못하지만 개는 유령을 볼 수 있다는 이야기가 전 세계에 널리 퍼져 있습니다. 그렇기 때문에 저희 백투 유령여기는 개가 유령을 보는 원리를 활용하고자 노력하여 제품을 개발했습니다. 그렇게 해서 그 어느 경쟁사도 따라오지 못하는 최고의 기술로 혼백 신호를 감지하는 방식을 채택하고 있습니다.

Q   백투 유령여기의 성능은 얼마나 뛰어난가요?

A   과거에 나온 타사의 유사품 중에는 개가 사람과 시각이 다르고, 청각이나 후각이 뛰어나다는 점이 유령과 관련이 있을 거라는 원시적인 가정에 바탕을 두고 개발된 제품들이 있었습니다. 즉 개의 청각이 사람보다 뛰어나니 들리지 않는 유령의 소리를 듣거나, 후각이 사람보다 뛰어나니 들리지 않는 유령의 냄새를 맡을 수 있을 거라고 추정한 것입니다. 그런데, 소리는 공기의 진동 현상이므로 유령이 소리를 일으킨다는 것은 공기를 떨게

하는 동작을 하고 있다는 것입니다. 또한 냄새란 것은 공기 중에 후각세포를 자극할 수 있는 방향족 물질 또는 자극성 화학물질 같은 것이 소량 나타나는 현상이므로 유령이 냄새가 난다는 것은 유령이 이런 물질들을 공기 중에 뿜어 낸다는 의미입니다. 이러한 가정은 유령이란, 일반적인 작용과 반응을 초월하는 초자연적인 현상이라는 점과 모순이라는 점에서 형이상학적으로 옳지 않습니다. 게다가 실제 수많은 실험에서도 유령만이 일으킬 수 있는 미약한 공기 진동이나 화학물질의 발생은 없다는 점이 증명되었습니다. 따라서 소리, 냄새로 유령을 감지하는 과거의 방식은 현재 모두 부정되었습니다. 백투 유령여기는 전혀 그런 방식을 취하지 않는 형이상학적, 비교문화학적, 사이버네틱스적으로 훨씬 더 타당한 방식을 취하고 있습니다.

Q 백투 유령여기의 원리는 무엇인가요?
A 개는 사람의 시각으로 잘 보지 못하는 사람도 멀리서 잘 알아챕니다. 그래서 옛 사람들은 구체적으로 무엇인지는 잘 몰랐지만 인기척이란 것을 개가 잘 느낀다고 보았습니다. 그렇기 때문에 옛 사람들은 유령도 그 인기척은 있을 것이고 그것을

개가 느낄 수 있다고 넘겨짚은 것입니다. 그것이 개가 유령이 나타나면 알아챌 수 있다고 예로부터 수많은 사람들이 믿었던 이유입니다. 이것은 개가 단순히 사람의 소리나 냄새를 잘 알아차린다는 것과는 전혀 다릅니다. 만약 단순히 소리나 냄새로 느끼는 것이라면 개가 소리를 듣는 능력보다 훨씬 더 뛰어난 정밀 마이크나 개가 냄새를 맡는 것보다 훨씬 더 뛰어난 정밀 물질 감지기가 개보다 더 쉽게 유령을 측정할 수 있을 것입니다. 그러나 그런 방식의 유령 감지 장치는 모두 실패했습니다. 그래서 백투 유령여기는 전혀 다른 수준의 접근으로 개의 능력을 따라하고자 합니다. 그 핵심은 개에게도 어떤 마음이 있기 때문에 그 마음이 유령의 기운을 느끼는 것이라는 발상입니다. 뭐라고 쉽게 말할 수는 없지만 하여튼 개의 마음이 유령의 기운을 느끼는 겁니다. 백투 유령여기는 그것을 재현하고자 하는 목적의 이론을 구현하는 장치입니다. 그런 이유로 백투 유령여기는 독보적인 혼백 신호 감지 기능이 있는 것입니다.

Q   백투 유령여기는 어떻게 개의 마음을 재현할 수 있나요?

A   조선 시대 이전의 사람들은 감정, 판단, 성격 같은

것이 몸의 오장육부에 나뉘어 있다고 생각했습니다. 그래서 가슴에 마음이 있고, 심장에 많은 감정이 들어 있다는 식으로 생각했습니다. 그러나 현대 의학의 발전으로 이런 관념이 틀렸다는 것을 누구나 알게 되었습니다. 감정과 정신은 머릿속에 있는 두뇌의 작용으로 이루어지는 것입니다. 저희는 이런 현대 과학의 성과를 적극 수용하여 개의 마음을 재현하기 위해 개의 다른 부위가 아니라 개의 두뇌를 이용합니다. 백투 유령여기 장치의 핵심 모듈인 BPU(brain processing unit) 즉 두뇌 처리 장치는 실제 개의 대뇌 세포체가 들어 있는 사각형 모양의 생체 응용형 전자 부품입니다. BPU 속에 개의 뇌세포들이 있고 그 속에 개의 마음이 있으므로 백투 유령여기 장비는 혼백 신호를 감지할 수 있는 것입니다.

Q 백투 유령여기 BPU는 어느 정도로 정밀하게 작동하나요?

A 백투 유령여기의 BPU에는 뇌의 세포체가 잘 활동할 수 있도록 항상 충분한 산소와 영양분을 공급하는 장치가 연결되어 있습니다. 그리고 인공신경을 통해 주변의 센서가 측정한 보고 듣고 느끼는 모든 정보를 BPU에 전달해 줍니다. 그러면 개

의 뇌세포는 활동하면서 어떤 느낌을 받을 것입니다. 저희 백투 유령여기의 인공지능 체계는 이렇게 일어나는 개 뇌세포의 활동을 정밀 관찰하여 개가 유령을 보고 짖는다고 하는 것과 비슷한 활동이 일어날 때가 있는지를 1초에 80번씩 확인 합니다. 만약 그런 활동이 나타나면, 그때 혼백 신호가 감지되었다고 표시하는 것입니다.

Q   백투 유령여기에 두뇌처리장치 그러니까 BPU가 들어 있다면, 그것은 살아 있는 개의 두뇌를 빼서 집어넣은 것인가요?

A   전혀 아닙니다. 저희 제품을 비난하기 위해 경쟁사에서는 저희가 살아 있는 개의 두뇌를 빼내 그것을 저희 기계 속에 넣었다는 포스터를 만들었습니다만, 이것은 터무니없는 누명을 씌우는 것입니다. 저희는 세계 35개국의 동물 복지 법령을 모두 준수하고 있으며, UN과 OECD 및 저명한 국제 비영리 기구에서 설정한 15종의 동물 권리 보호 강령 목록들을 모두 지키고 있습니다. 저희 제품의 BPU에 들어 있는 것은 살아 있는 진짜 개의 두뇌가 아니라 개의 뇌세포를 일부 추출, 복제하여 뭉쳐 있게 하는 방법으로 길러 낸 작은 오르가노이드 형태입니다. 이것은 실제 두뇌가 아니라

생체 부품으로 취급되는 물품입니다. 크기도 개의 두뇌보다 훨씬 작아서, 가로세로 0.5센티미터의, 회색을 띤 작은 두부 조각과 비슷하게 생긴 부품입니다. 김치찌개나 참치찌개에 들어 있는 두부 한 조각을 먹기 위해 젓가락으로 집어 들었을 때, 그게 개의 두뇌와 비슷한 느낌이라고 징그러워하시는 분은 안 계시지요? 마찬가지로 BPU는 전혀 징그러운 것도 기괴한 것도 아닙니다.

Q 백투 유령여기의 핵심 부품인 두뇌 세포체를 만들기 위해서 개를 희생시킨 것 아닌가요?

A 전혀 아닙니다. 저희 제품을 비난하기 위해 경쟁사에서 이러한 비난 여론을 부추기는 경우가 있습니다만, 저희 제품의 BPU를 만들기 위해 사용하는 개의 두뇌 세포는 개의 두뇌를 조각낸 형태로 만들어진 것이 아닙니다. 저희 제품의 원료 뇌세포는 예로부터 유령과 잘 통한다는 전설이 있는 삽살개 중에서도 특히 주위에서 평판이 좋은 서울 서초구에 살고 있는 흰둥이라는 강아지로부터 채취한 것입니다. 그것도 강아지의 두뇌 세포를 직접 채취한 것이 아니고, 흰둥이의 뼈 속에 들어 있는 세포를 추출한 뒤 그것을 줄기세포로 되돌리고 줄기세포를 다시 키워서 뇌세포가 생겨나게 한 뒤

에 그 뇌세포를 대량 증식시키는 방식으로 뇌세포 뭉치를 따로 기계 속에서 길러 내는 방식을 사용했습니다. 흰둥이는 지금도 건강하게 잘 뛰어 놀며 지내고 있습니다.

Q 백투 유령여기의 BPU를 만들기 위해 사용한 뇌세포는 그냥 의미 없는 뇌세포 덩어리이기 때문에 아무런 마음이 없다는 주장이 있습니다. 믿을 수 있는지요?

A 백투 유령여기 제품 속에 들어 있는 BPU는 뇌세포 덩어리를 그냥 그대로 사용하는 것이 아닙니다. 일단 뇌세포 덩어리가 보는 것, 듣는 것, 느끼는 것에 약간이라도 반응할 정도로 자라나면 저희 소프트웨어 설치팀에서 뇌세포에 다양한 상황을 빠르게 반복해서 쉼 없이 보고 듣고 느끼는 경험을 하도록 반복 자극에 들어갑니다. 빠르게 경험이 진행되도록 높은 전압, 높은 산소 농도, 높은 영양 수준에서 24시간 연속으로 반복 자극은 진행됩니다. 이 작업을 거치면 우리 제품 BPU 속의 뇌세포체는 여러 경험을 겪고 성장한 뇌처럼 변합니다. 대체로 3년 정도 성장한 개가 경험한 것과 비슷한 수준의 뇌 발달이 이루어집니다.

Q 백투 유령여기의 BPU 속에 들어 있는 개의 두뇌가 고통이나 두려움을 느낀다면 도덕적으로 문제가 있는 것 아닌지요?

A 저희 제품 속에 작은 개의 두뇌가 들어 있고 그것이 항상 무서워서 괴로워한다는 것은 저희 경쟁사에서 저희 제품을 공격하기 위해 만들어 낸 잘못된 환상에 불과합니다. 저희 제품에 사용된 개의 두뇌 세포뭉치에는 고통을 느끼는 부분, 두려움을 느끼는 부분, 상상을 하거나 꿈을 꾸는 부분, 희망을 갖거나 미래를 생각하는 부분, 시간을 느끼거나 자신을 자각하는 부분 등은 모두 완벽하게 제거되어 있습니다. 뿐만 아니라, BPU 오작동 순간 제어 장치를 이용해서 만약 우연히라도 이런 부분이 조금이라도 생기려고 하면 내부에서 자동으로 높은 전류를 흘려 보내 그런 뇌세포들은 태워 없애도록 되어 있습니다. 따라서 저희 제품 속의 뇌는 실제 뛰어노는 개의 두뇌와는 완전히 다릅니다. 오히려 개의 신경 표본을 많이 뭉쳐 놓은 것과 비슷하다고 보시면 되겠습니다. 또한 저희는 동물실험 제한법률과 동물시험의 윤리적 기준 설정에 관한 법률 및 시행령, 시행 규칙을 엄격하게 준수하고 있습니다. 저희는 자진해서 매년 정부 기관의 감사를 받고 있을 뿐만 아니라, 여러 인권 단체, 동물 보호 단체들을 지

원하는 우호적인 업체로서 이런 기관의 윤리 보증 검증을 매년 받고 있습니다.

Q   백투 유령여기는 어느 정도의 정확도로 유령을 찾아낼 수 있나요?

A   우선 유령은 과학적인 측정의 대상이 아닙니다. 따라서, 어떤 제품이 유령을 찾아낼 수 있다고 과학적으로 증명된 측정 결과를 제시한다면 그것은 사기라고 보시면 됩니다. 따라서 저희는 유령을 찾아낼 수 있다고 무턱대고 장담하지 않습니다. 대신 유령을 잘 느낀다고 생각하는 사람이 보통 유령이라고 생각할 수 있는 느낌과 상통하는 분위기를 감지했다고 말합니다. 그리고 유령 산업 분야에서는 "유령을 잘 느낀다고 생각하는 사람이 보통 유령이라고 생각하게 되는 느낌"이라는 말을 줄여서 혼백 신호라고 부르고 있습니다.

Q   혼백 신호를 느낀다는 것은 단순히 그냥 느낌이 이상하다는 착각 아닌가요?

A   저희는 유령 산업 진흥법에 따라 설립된 한국 유령 산업 진흥협회에서 설정한 혼백 신호의 기준을 엄격하게 지켜서 그것을 판정하는 것을 목표로 하고 있습니다. 혼백 신호는 정부의 법과 제도에 의

해 인정되고 있으며, 세계 22개국에서 인정되는 측정 및 기술 가능한 대상입니다.

Q 백투 유령여기라는 이름의 의미는 무엇인가요?
A 유령여기는 저희 회사 창립 이래 제시하고 있는 슬로건입니다. 백투라는 말은 조선 전기의 인물인 김안로가 쓴 〈용천담적기〉라는 글에 나오는 표현입니다. 이 글의 한 대목에는 저승에 다녀온 사람에 대한 전설이 실려 있습니다. 이 전설에 따르면, 어떤 사람이 오류로 저승에 잘못 끌려왔다고 합니다. 그래서 이승으로 다시 돌아가야 하게 되었습니다. 누군가 말해 주기를, 저승에 흰색의 털이 많은 개 한 마리가 있는데 그 개를 따라가면 이승으로 돌아갈 수 있다고 하여 그 사람은 그 개만 따라갔다고 합니다. 그러다가 그 개는 길이 없는 곳에서 갑자기 하늘로 날아올랐는데 그 사람은 하는 수 없이 그 개를 따라 최대한 공중으로 뛰었다고 합니다. 그리고 떨어져 보니, 이승으로 돌아왔다고 합니다. 이 개를 한문으로 '백투'라고 쓰고 있기 때문에 저희는 저승과 이승을 넘나드는 개라는 의미로, 유령이 어디에 있는지 궁금하신 분들을 위해 판매하는 저희 제품에 그 이름을 붙인 것입니다.

Q   백투 유령여기 X2는 이전 버전에 비해 무엇이 개선되었나요?

A   본래 백투 유령여기 1세대 제품은 그냥 '백투 유령여기', 2세대 제품은 '백투 유령여기2', 3세대 제품은 '백투 유령여기3' 등의 방식으로 이름을 붙였습니다. 그런데 백투 유령여기 4세대 제품을 내어놓으면, 4라는 숫자를 싫어하는 사람들이 있을 거라는 의견 때문에 4세대 제품은 '백투 유령여기 X'라는 제품명으로 발매되었습니다. 이후에 나온 '백투 유령여기 X2' 제품은 제품에 대해 각종 인권단체, 윤리 전문가, 무속인 협회, 공포영화 감독협회 등에서 널리 검증을 받는 데 성공한 고성능 신제품입니다.

Q   백투 유령여기 X2가 오작동을 일으킬 위험은 어느 정도인가요?

A   백투 유령여기는 시중에 발매 중인 유사한 제품 중 가장 정확도가 높은 완벽에 가까운 제품입니다. 그러나 알려진 오작동 사례는 있습니다. 정확한 원인은 밝혀지지 않았지만, 저희 백투 유령여기는 원래 뇌세포를 가져온 강아지인 흰둥이가 주인을 좋아하는 성향을 어느 정도 갖고 있습니다. 흰둥이는 주인이 싫어하는 사람이 오면 격렬히 짖

는 성향이 있는데 저희 백투 유령여기도 흰둥이의 주인이 싫어하는 사람과 비슷한 사람이 주변에 오면 오작동을 일으키는 경향이 있습니다. 특히 흰둥이는 주인에게 질척거리면서 자꾸 다가오는 옛 애인을 대단히 싫어했다고 합니다. 따라서 옛 애인이 사용한 블라썸999 향수, 로열 그라망 비누, 옛 애인이 자주 마시던 울트라커피의 에스프레소 향이 주변에 있으면 오작동할 가능성이 높으니 유의하시기 바랍니다.

_2022년 성수동에서

이상한 여우 가면 이야기

최근 몇 번 과천에 있는 과학관에 다녀올 일이 있었다. 서울에서 과천으로 가다 보면 흔히 남태령이라는 고개를 넘어서 가게 되는데, 이 고갯길을 지날 때마다 나는 매번 잠깐씩 머리에 떠오르는 이야기가 있었다. 어떤 때에는 한번 떠오른 이야기가 계속 머리에 남아서 도착할 때까지 내내 차 안에서 그 생각만 하게 된 적도 있었다. 지금부터 할 이야기는 그것을 정리해 본 것으로, 나 역시 그저 들은 이야기를 조금 더 꾸며서 정리한 것일 뿐이므로, 내용 전체가 모두 사실일 가능성은 없다고 본다.

이야기는 홍진표라는 사람이 재산을 다 날리고 막대한 빚을 얻은 것에서 출발한다.

스스로 똑똑하다고 생각하는 사람들이 종종 저지르는 실수는 가끔 자신을 너무 믿을 때가 있다는 것이다. 보통 영리한 사람들은 의심이 많고 조심스럽기 마련이지만, 그 의심과 조심을 넘어설 정도로 믿음직한 일이면 너무나 굳게 믿게 된다. 막대한 돈을 벌 수 있는 신종 투자 상품은 모두 사기라고 생각하고 의심하던 홍진표가 폭스 블록체인 머니라는 제품에 대해서는 굳은 신념을 가졌던 것도 같은 이유였다.

홍진표는 사귀고 있던 김희정과 결혼할 날을 대비해서 오랜 시간 따로 모아 왔던 돈을 모두 폭스 블록체인 머니에 털어 넣었고, 그 외에도 끌어다 댈 수 있는 모든 돈을 다 같은 곳에 털어 넣었다. 폭스 블록체인 머니에 투자해서 돈을 벌 수 있는 기회는 2주 정도밖에 없어 보였는데, 그 2주 안에 투자하기만 하면 그것은 2900배의 수익으로 돌아올 것으로 예상되었다. 그렇다 보니, 홍진표는 급하게 빚도 무더기로 구해서 다 집어넣었다.

2주가 지나자, 홍진표는 백만장자가 아니라 빚쟁이가 되어 있었다.

그는 19년 만에 처음으로 소리를 내어 엉엉 울어 보게 되었고, 하루 종일 멍한 기분으로 앉아 그저 자기 심장이 벌렁벌렁하는 것만 느끼면서 시간을 보내기도 하였다. 홍진표는 스스로 폐인같이 살고 있다고 생각했는데, 이때 폐인이라는 말이 나타내는 바는 몇 주일 전에 웃으면서 "연속으로 연속극만 몇 시간씩 보면서 폐인같이 지냈어."라고 김희정에게 말할 때 썼던 폐인과는 많이 다른 의미였다.

얼마 후 밥을 사 먹을 돈이 없어서 굶게 된 홍진표는 이런저런 실업자나 빈자 구제 사업에 신청하게 되었다. 그러다가 홍진표는 남태령에 있는 어느 공원 미화 사업에서 하루 일당을 받아 일하는 자리를 겨우 얻게 되었다. 홍진표가 하는 일은 공원의 쓰레기를 줍거나, 잡초를 캐고, 가끔 꽃을 심으라고 하면 꽃을 심는 일이었다. 다행히 같이 일하는 사람들이 대체로 친절한 편이라, 마음속에 뭔가 울컥 다 엎어 버리고 싶은 심정과 후회만 가득한 사람인 경우에도 그럭저럭 역할을 할 수 있는 곳이었다.

마침 그 공원에는 남태령에 내려오는 전설을 나타내기 위해 만들어 놓은 여우 조각상이 있었다. 홍진표도 그전부터 그 전설 내용의 줄거리는 어렴풋이 들어서 알고 있었다.

남태령에는 옛날에 이상한 여우가 나타난다고 해서 사람들이 여우고개라고 불렀다고 한다. 그리고 바로 그 여우고개에 대한 전설이라면서 『어우야담』이라는 책에 500년쯤 전, 조선 시대에 채록된 이야기가 있다. 그 전설에 따르면 어떤 게으른 사람이 이상한 인물을 만나는데, 그 인물이 그 게으른 사람에게 소 모양으로 된 가면을 쓰고 소 가죽을 등에 걸쳐 보라고 권했다고 한다. 시킨대로 하자, 그 게으른 사람은 요술처럼 갑자기 정말 소로 변하게 된다. 소가 된 게으른 사람은 사람들에게 붙잡혀 죽어라 일을 하게 되고, 그러면서 그 사람은 고통을 받으며 삶을 후회하게 된다. 그러다 어느 날 소로 변한 그가 파를 뜯어먹게 되는데, 그러자 다시 사람의 모습으로 돌아오게 된다는 것이 결말이다.

홍진표는 그 이야기의 배경이 남태령이라는 것도 어디선가 한 번 들어 본 것 같았다. 그렇지만 그런 전설에 대해 이런 장식을 해 놓은 공원이 있을 거라고는 생각 못했다.

그리고 그 공원에서 잡초 뽑는 일을 자신이 하게 될 거라고도 예상하지 못했다. 홍진표는 어린이들에게 교훈을 주기 위해 귀엽게 만들어 놓은 여우 모양을 보면서 갖가지 생각을 했다. 그 조선 시대 게으른 사람이 지금 살았다면 혹시 폭스 블록체인 머니에 투자를 했을까? 얼마나 했을까?

며칠 후, 홍진표가 꽃나무 심는 일을 하던 날이었다. 홍진표는 그날따라 조금 더 깊이 흙 바닥을 파게 되었다. 흙을 조금 파헤쳤을 때 누가 옛날에 버린 듯한 휴지가 나왔다. 그것을 보고 홍진표는 옛날에 주식투자 하다가 돈 날린 사람은 "다 날리고 주식이 휴지 조각이 되었다."고 말했는데, 인터넷으로 투자를 한 자신은 휴지 조각조차도 없다는 생각을 했다. 괜히 그러다 보니 뭔가 치미는 마음이 다시 생겨서 그는 성난 것처럼 땅을 팠던 것이다.

깊게 땅을 파다 보니, 흙 속에서 숟가락이나 젓가락 같은 쇠가 나타나는 것 같았다. 호기심이 생겨 더 파 보니, 그것은 금속으로 된 무슨 뼈대 같아 보였다. 누가 무슨 우산이나 옛날 양철 도시락 같은 것을 버린 것인가 싶기도 했다. 그런데 살펴보니 그런 것이 아니라 모양이 이상했다. 그러고 보니 조선 시대 전설이 있는 곳이라면 그때 유물 같은 것이 묻혀 있을지도 모른다는 생각도 들었다. 홍신표는 혹시 돈이 될 만한 것일 가능성도 있다고 생각했다. 홍진표는 더 흙을 파헤쳐 결국 그것을 파 보았다.

그것은 얼굴 모양 비슷하게 되어 있는 금속 뼈대였다. 무척 오래된 것처럼 보였다. 금속 뼈대 겉면에는 너덜너덜하게 다 삭아빠진 천 조각이나 종이 조각 같은 것이 붙어 있었다. 만약 그 종이 조각이나 천 조각이 원래대로인 모양이었다면 요즘 피부 미용을 위해 얼굴에 덮어 쓰는 전자기기 비슷한 모양이었을 것 같다 싶기도 했다.

그러면서도 홍진표는 한눈에 바로 알아볼 수 있는 보물은 아니었던지라 실망했다. 그래도 일단 뭔가 특이한 것이라고 생각하고 그것을 챙겨 집에 갖고 오기로 했다. 참고로, 김희정으로부터 나온 이야기라면서 확인되는 대목은 여기까지다. 이 다음부터의 이야기는 더욱 믿기 어렵다.

집으로 온 홍진표는 그 가면 비슷한 뼈대 모양을 살펴보았다. 그것은 금속 재질이었는데 무슨 기계처럼 작은 장치도 있어 보였고, 불빛이 들어오는 곳이 있지 않은가 싶기도 했다. 거기에 붙어 있는 종이 조각 같은 것에는 어떤 그림이 그려져 있었는데, 자세히 보니 무슨 짐승 그림 같기도 했다.

그리고 홍진표는 무심코 그것을 얼굴에 써 보았다.

문제는 마침 그때 홍진표가 소가죽으로 만든 가죽 재킷을 입고 있었다는 데 있었다. 홍진표는 잠시 후, 소로 변신하게 되었다. 홍진표는 네 다리로 바닥에 선 이상한 자세와 자기 몸의 무거운 느낌에 당황했고, 거울을 보고 더욱 놀랐다. 처음 홍진표는 자신이 빚쟁이가 된 후에 너무 신경이 쇠약하게 되어 드디어 환각을 보게 된 것은 아닌가 싶어 절망하기도 했다. 그렇지만 좁은 방 안을 이리저리 거닐면서 발굽소리를 확인하고 꼬리를 움직이는 느낌을 느껴 본 결과, 자신이 소로 변한 것이 맞다고 믿게 되었다.

홍진표는 얼마 지나지 않아 남태령의 여우고개 전설을 떠올리게 되었다. 그 전설은 사실이었고, 알 수 없는 복잡한 구조로 사람을 소 모양으로 바꾸어 주는 기계 장치가 실제로 있었던 거라고 생각했다. 그는 전설의 마지막 부분을 생각해 내고, 사람으로 되돌아가려면 파를 먹어야 한다고 결론을 내렸다. 그는 소 앞발로 모습이 변해 불편해진 앞발을 뻗어 겨우 냉장고 문을 열었다. 하지만 그의 집에 파는 없었다.

고민하던 홍진표는 결국 파를 찾아 바깥으로 나가기로 했다. 시내 다세대주택 한가운데에 문득 소가 나타나자 보고 흠칫 놀라는 사람도 있었고, 동네 어린이들 중에는 "소다!"라고 말하고 왜인지 돌을 던지는 사람도 있었다. 하지만 홍진표는 최대한 빠르게 그들로부터 도망쳤다. 네 발로 달리는 것이 쉽지는 않았다. 그러나 소의 근육과 덩치는 그대로 있었던지라, 좀 넘어지고 미끄러지면서도 동네 어린이를 따돌릴 정도로 빠른 속도는 낼 수 있었다.

처음 홍진표는 근처의 대형 마트 쪽으로 향했다. 하지만 가면서 생각해 보니, 대형 마트의 출입구, 많은 사람들, 무빙워크 등등을 모두 통과해서 채소 파는 곳까지 가기란 쉬운 일이 아닌 것 같았다. "즐거운 쇼핑되십시오." 하고 인사하는 그 검은 옷 입은 사람이 "고객님, 소 상태로는 매장 내에 들어가실 수가 없고요"라고 하면서 바로 제지할 것 같았다. 대형 마트에서 고용하고 있는 경비나 보안 담당 직원에게 들키면 이기기 어려울 것 같기도 했다. 동네 어린이를 따돌리는 것보다는 훨씬 어려울 것이다.

홍진표는 방향을 바꾸기로 했다. 골목길의 작은 식료품점에서 재빨리 파를 뜯어 먹기로 했다. 그는 차가 지나가는 좁은 길을 따라 달렸다. 사람일 때에는 길가로 바짝 붙으면 차를 피하는 데 어려움이 없었지만, 훨씬 덩치가 커진 소일 때는 위험한 때가 많았다. 사람들의 주목을 오래 끌면 안 되었기에, 그렇다고 조심스럽게 천천히 갈 수도 없었다.

그러다가 겨우 식료품점을 한 군데 찾았다. 하지만 파는 가게 깊숙한 곳에 진열되어 있었다.

좁은 가게 안을 보니 한바탕 좌우를 짓밟고 달려 들어가기 전에는 파를 먹을 수 없을 것 같았다. 그에 비해, 가게에는 직원을 포함해서 손님 여럿이 있었다. 만약 자신을 제지하고 방해하려고 한다면 당해낼 수 있을까 싶었다. 물론 소로 변한 지금의 힘을 생각하면 보통 사람 몇 명쯤을 쓰러뜨리는 것은 어렵지 않을 것 같기는 했다. 그러나 만약, 혹시라도 파를 먹기 전에 사람들에게 진다면 낭패였다. 그전에 사람들이 자신을 쓰러뜨린다면 그다음에는 운이 좋아야 저세상으로 보내주는 주사약을 맞게 될 것이다. 그게 아니라면 도살장에 갔다가 갈비탕과 불고기로 변하게 된다. 그렇게 생각하니 파를 먹기 위해 사람들 사이를 뚫기가 너무 두려워졌다.

홍진표는 결국 진열장 바깥쪽을 슬쩍 훑어보고, 그곳에서 싸게 떨이로 내어놓은 인스턴트 라면 봉지를 발견했다. 라면 봉지 중 하나의 겉면에는 "송송 썰어 놓은 파에서 우러나오는 시원한 국물 맛"이라는 광고문구가 적혀 있었다. 라면 양념에 파를 많이 넣었다는 이야기였다. 홍진표는 저거면 될 수도 있다고 생각했다. 그는 입으로 라면 봉지를 물고는 냅다 뛰었다.

골목길 언덕배기를 거슬러 올라와 사람이 별로 없는 으슥한 산등성이 쪽까지 올라갈 때까지, 홍진표는 쉬지 않았다. 도시 변두리 주택가 골목을 뛰어다니고 있는 소는 자기가 생각해도 너무 발견되기 쉬울 것 같았다. 빨리, 최대한 빨리 피해야 했다.

겨우 사람들로부터 들키지 않을 수 있겠다고 생각한 곳에 도착하자, 홍진표는 잠시 숨을 고르며 쉬었다. 그러고 있으니 되새김질이 시작되어 먹었던 음식이 입으로 다시 올라왔다. 진짜 소들에게는 자연스러운 현상이었겠지만, 홍진표에게는 너무 이상한 느낌이었다. 역겹기도 했다. 잠깐 지나자, '의외로 묘한 맛이 있고 감촉은 부드러운데.' 하는 생각도 잠깐 스쳐지나가기는 했다.

홍진표는 이빨로 라면 봉지를 찢고 그 안에 있는 양념을 끌러 냈다. 홍진표는 말린 파로 보이는 것만 빠르게 핥았다. 그러자 얼마 후, 홍진표는 다시 원래의 모습, 그러니까 젊지만 이미 인생 망한 것 같은 표정을 짓고 사는 빚쟁이 인간의 모습으로 돌아올 수 있었다.

그는 집으로 돌아가서 다시 실험을 해 보았다. 돌아가는 길에는 미리 파를 사 가서 준비해 두기로 했다. 소가죽으로 만든 재킷을 입고 여우고개 공원에서 파낸 가면을 쓰자, 과연 다시 한 번 장치가 작동해서 홍진표를 소로 변신시켰다. 그리고 가져다 놓은 파를 뜯어 먹었더니, 사람으로 돌아갈 수 있었다. 전설 그대로였다.

그러고 나서는 실험을 조금 더 해 보기로 했다. 홍진표는 집에 있는 가죽 재킷 중에 돼지 가죽으로 된 것을 찾았다. 그리고 돼지 가면을 구하기 위해 동네 문구점과 장난감 가게를 뒤져서 만화에 나오는 돼지 형님으로 변장하고 놀 수 있는 어린이 장난감을 찾았다. 홍진표는 그 장난감 가면을 여우고개 공원에서 파낸 가면 장치 위에 붙였다. 돼지 가죽으로 만든 가죽 재킷을 입고 그 가면을 다시 쓰자, 이번에 그는 예상대로 커다란 돼지로 변신했다. 이번에도 파를 먹었더니 원래 모습으로 돌아올 수 있었다.

그는 이 모든 것이 대단히 신기하다고 생각했다. 너무 신기한 나머지 감격하고, 감격해서 울 정도였다. 당시 홍진표의 정서 상태는 상당히 불안정했으므로, 그는 자신이 엉뚱한 데 투자했다가 전재산을 날린 것도 바로 이런 더 큰 기회를 주기 위한 운명의 절묘한 섭리가 아닐까 생각할 정도였다. 만약 자신이 빚쟁이가 되어 망하지 않았다면, 일자리 찾기 사업에도 지원하지 않았을 것이고, 그렇게 안 되었다면 남태령에 가서 땅을 팔 일도 없었을 것이다. 이 신비로운 장치를 손에 넣게 하기 위해서, 우주가 어떤 숙명적인 힘으로 자신을 이렇게 이끈 것 아닌가 생각하며 그는 흥분에 떨었다.

홍진표는 기계 장치의 구조나 원리에 대해서도 나름대로 고민해 보았다. 기계 장치에 가면을 붙이고 얼굴에 쓴다는 것은, 그 가면이 나타내는 생물에 대해서 가면을 쓰는 사람이 갖고 있는 정신적인 관념을 입력해 주기 위한 작업인 듯싶었다. 만화에 나오는 모습의 돼지 가면을 사용했지만, 정말로 만화 등장 인물 같은 모양으로 변하는 것은 아니었다. 대신에 내가 그것을 보고 상상하고 있는 현실의 돼지 모습으로 변했다. 한편 그 동물의 가죽을 몸에 두르고 있어야 한다는 것은 그것의 실제 모습이나 유전자 구조를 기계 장치가 읽어 들이기 위해 필요한 것 아닌가 싶었다.

그렇다고는 해도, 어떻게 그렇게 빨리 변신하고자 하는 동물의 모습을 인식하고 만들어 낼 수 있는지, 동물의 모습에 해당하는 많은 물질과 그 물질로 만들어진 방대한 양의 세포들을 어떻게 잠깐 사이에 모두 만들어 낸 것인지는 도저히 상상하기 어려운 문제였다. 분명히 21세기초 사람들이 갖고 있는 기술보다는 훨씬 더 월등한 기술로 만들어져 있는 장치였다. 500년 가까이 묵혀 두었을 텐데 그동안 고장이 없었다는 것도, 배터리가 다 닳는다거나 하는 일 없이 동력을 그대로 갖고 있다는 것도 신기한 일이었다.

그러나 홍진표는 그러한 원리를 자신이 스스로 밝혀 낼 수는 없다는 점을 알고 있었다. 이런 신기한 장치를 발견했다고 세상에 알린다면, 잠깐 텔레비전 프로그램에 출연해서 화제는 될 수 있을 것이다. 하지만 정말로 명성을 얻고 위대한 과학자로 칭송을 받게 될 사람은 자신이 아니다. 이 신기한 장치의 구조와 원리를 실제로 밝혀낼 학자들이 유명해지고 돈도 벌 것이다. 그렇게 해서는 홍진표의 그 많은 빚이 저절로 없어지지도 않고, 홍진표가 엉뚱한 데 투자하다가 망해서 걸인이 되었다고 비웃는 것 같던 그 많은 세상 사람들에게 보란 듯이 멋지게 자랑할 수도 없다.

그래서 홍진표는 일단 마술사가 되기로 결심했다.

그는 소, 돼지 같은 동물로 재빨리 변신할 수 있었고, 다른 마술사들이 결코 상상할 수 없는 놀라운 방식으로 그런 마술에 성공할 수 있었다. 검은 천으로 잠깐 모습을 가린다거나, 무슨 상자 속에 들어간다거나 하지 않고도, 아예 모든 관객들이 뻔히 지켜보는 앞에서 대놓고 몸이 점점 소처럼 변해 가는 모습을 보여 줄 수도 있었다. 사람들은 컴퓨터 그래픽 특수효과를 보는 것 같다고 놀라워했다. 게다가 사람들이 많이 알고 있는 전설인, 소로 변신했다가 파를 먹고 다시 되돌아오는 것을 그대로 보여 줄 수 있다는 점도 인기몰이에는 좋았다.

홍진표는 마카오의 호텔들을 거쳐, 라스베이거스와 몬테카를로의 마술 대회에서도 공연을 하며 돈을 벌었다. 홍진표는 김희정과 함께 화려한 도시들을 돌아다녔고, 조금씩 돈을 모으면서 다시 김희정과 결혼하고 남들처럼 평범하게 살 수 있다는 꿈도 꾸게 되었다. 어쩌면 매일매일 멋지고 신나게 그저 끝없이 행복하게 다들 부러워할 만한 모습으로 살 수도 있다는 기대도 품게 되었다.

그렇지만, 막상 그렇게 얼마간 지내 보니 그 일이 기대만큼 막대한 돈을 벌 수 있는 것은 아니었다. 홍진표는 관객들의 눈을 끌거나 재미있게 쇼를 연출하는 재주가 있는 사람이 아니었다. 여러 사람 앞에서는 조금 수줍어했고, 화려한 춤을 추며 등장하는 마술사 보조원들과 서로 호흡을 맞춰 어울리는 솜씨는 무척 모자랐다. 기술은 신기했지만 마술사로서 신비하고 유쾌한 성격을 보여 줄 수 있는 매력이 단련된 것은 아니었다. 그런 이유로 인기가 올라갔다가 시들해지는 것도 잠깐이었다.

돈이 넉넉한 인기 마술사의 소속사에서 홍진표에게 접근해 마술 비법을 판매하라고 한 적도 있었다. 그렇지만 홍진표의 여우 가면 변신 마술은 마술 비법을 알려 주면서 돈을 벌 수 있는 것도 아니었다.

비법이라면 여우고개에서 파낸 진짜 가면을 쓰는 것이 비법이었다. 세계적으로 인기를 끌고 있던 갑부 마술사, 솔로몬 골드마인 쪽에서 접근해 왔을 때에, 홍진표는 모든 것을 다 그냥 털어놓을까 생각했던 적도 있었다. 골드마인이 제시한 정도의 금액이면 빚도 거의 갚을 수 있을 만했다. "이 가면을 제가 드리겠습니다. 이 가면만 있으면 제가 하는 마술을 할 수 있습니다. 그 외에는 한국에서 파를 좀 사서 준비해 놓기만 하면 됩니다." 그렇게 말하고, 가면을 넘길까 고민했다.

그렇지만 홍진표는 그러지 않기로 했다. 그러면 그것으로 그냥 끝이다. 수백년 만에 자기 손에 들어온 가면을 그냥 날려 버리고 싶지는 않았다. 가면을 갖게 된 것은 자기 삶에 주어진 아주 커다랗고 중요한 높은 뜻 비슷한 것이라고 그는 생각했다. 그래서 홍진표는 그런저런 나이트클럽을 돌며 어디서나 볼 수 있는 마술을 하는 인기 없는 초보 마술사들과 어울리게 되었을 때에도, 자신의 비밀을 팔지 않고 간직했다.

그러나 결국 빚을 갚지 못한다고 독촉을 받으며 시달리게 되자, 홍진표는 다시 궁지에 몰렸다. 화려한 무대를 돌아다니며 박수를 받고 마술 대회에서 입상도 하느라, 자신도 유명 연예인이라도 된 것처럼 착각을 해서 쓸데없는 데 돈을 쓰며 낭비하고 산 것도 빚을 쉽게 못 갚은 이유였다. 이런 엄청난 장치를 얻었는데, 그깟 빚 몇 푼 금방 못 갚겠냐고 안이하게 생각한 것 역시 그의 실수라고 볼 수 있었다. 그렇게 홍진표는 수완이 아주 좋은 빚 독촉 전문가들의 방문을 연달아 몇 차례 받았다. 그 전문가라는 사람들이 하는 일이란 웃는 얼굴로 재정상담을 해 주는 것은 결코 아니었다.

그래서 홍진표는 자신을 몰아 세운 사금융 업체 대표를 제거하기로 결심했다.

금융 업체 대표라고 하지만, 그는 몇 년 전까지만 해도 조직폭력배 두목이었던 사람이었다. 지금은 손을 씻고 합법적인 사채업자로 살고 있다고는 해도, 홍진표가 보기에 그는 지금 사회에서 사라져도 자신의 죗값에 넘친다는 생각이 들지는 않았다. 게다가 그가 사라지는 것은 홍진표에게도 통쾌한 일이었다. 그의 금고에서 돈다발을 들고 나오면 삶에도 도움이 될 거라고 생각했다.

자신의 계획을 위해서, 그는 우선 호랑이 가면을 구했고, 호랑이 가죽 깔개를 찾아다녔다. 없는 돈을 털어 두 번이나 호랑이 가죽을 구해서 샀는데, 둘 다 가짜여서 변신 실험에는 실패했다. 세 번째로 황학동 시장에서 길바닥에 판 깔아 놓고 거북이 박제에서 순록 뿔까지 온갖 괴상한 것을 파는 노인에게 구한 호랑이 가죽 조각이 마침 진짜였다. 그렇게 해서 겨우 그는 준비를 마칠 수 있었다.

홍진표는 작은 플라스틱 통 속에 파를 집어넣고 그것을 목걸이에 매달아 목에 걸었다. 황학동에서 산 호랑이 가죽은 입고 있는 옷 등 쪽에 순간접착제로 붙여 두었다. 그리고 깊은 밤에 사금융 업체 대표를 찾아가서 몇 마디 시비를 걸며 그를 좀 약올렸다. 통쾌하고 후련한 기분이었다. 아주 짧은 시간이었지만 이런 순수한 즐거움을 느껴본 것이 얼마 만인가 싶어, 어린 시절 놀이동산에 처음 가 봤던 날까지 되돌아볼 지경이었다. 잠시 후, 그에 대한 반응으로 사금융 업체 대표가 욕설을 하며 덤벼들자, 홍진표는 품 속에서 가면을 꺼내어 뒤집어썼다.

호랑이로 변한 홍진표가 사금융 업체 대표를 무생물 처지로 만들어 버리는 작업은 신속하고도 간단하게 진행되었다. 일을 마친 홍진표는 열려 있는 금고 속에서 돈뭉치를 꺼내어 피 묻은 입으로 가방에 쓸어 담았고, 곧 그것을 물고 바깥으로 달아났다. 호랑이의 몸이 되어, 인적이 없는 깊은 심야의 빌딩 사이를 달리는 기분은 매우 상쾌했다. 누군가에게 모습이 들킬 것 같을 때, 재규어 같은 짐승을 새겨 놓은 자동차를 딛고 뛰어올라 길을 건너고, 가로수 덤불을 헤치다가 길게 포효할 때는 몇 년 동안 쌓였던 울분을 밤하늘에 한 번에 뿜어내는 것 같기도 했다.

육식동물인 호랑이 입맛이라서 그런지 다시 사람으로 되돌아오기 위해 파를 먹을 때 조금 역겨웠다는 점을 제외하면 계획은 끝까지 성공적이었다. 법의학을 전혀 모르는 사람이 보기에도 피해자가 사망한 원인은 육식동물에게 물렸기 때문인 것으로 보였다. 법의학을 잘 아는 사람들이 감식한 결과로 보자면 그 주변에는 호랑이털이 가득했다. 범행을 저지른 것은 분명히 호랑이었다. 그렇지만 깊은 밤 갑자기 도심 한가운데에 호랑이가 왜 나타났는지 알아낼 수 있는 명탐정은 아무도 없었다.

다음 날 새벽, 홍진표는 새로운 깨달음을 얻게 되었다고 생각했다.

자신의 손에 여우 가면이 들어온 이유가 무엇인지 이제야 정말로 알게 되었다고 생각했다. 그전까지 그는, 연구소에 자신의 발견품을 기증하고 신문 기사에 몇 줄로 소개되는 것이나, 마술쇼에서 여흥을 돋우고 박수를 받는 것처럼, 사회의 틀 안에서 사회가 베풀어 주는 얼마간의 호의를 받는 것만을 떠올렸다. 그런데 이제 그런 것은 어디까지나 사회가 자신과 같은 패배자에게 적선처럼 그냥 베풀어 주는 것을 굽신거리며 받아 먹는 것에 지나지 않는다는 생각이 들었다. 홍진표는 여우 가면이 있으면, 자신은 사회의 규정을 깨고, 제도의 바깥으로도 얼마든지 나아갈 수 있다고 생각했다. 사회를 초월해서 정말로 하고 싶은 일을 할 수 있다는 것이, 여우 가면의 진짜 가치라는 것을 이제야 알게 된 것이라고 여겼다.

홍진표는 이후 나무를 잘 타는 곰으로 변신해서 높은 빌딩을 기어올라 그 유리창을 깨고 들어가, 한 부패한 공공기관이 오랫동안 숨겨 두었던 서류를 빼내어 신문사에 공개하기도 했고, 코끼리로 변신해서 어느 독점 업체의 공장을 박살내기도 했다. 그러다가 범죄자로 체포될 순간에 소로 변해서 몰래 목장의 소떼들 사이에 숨어든 적도 있었고, 하마로 변해서 강물을 건너 도망친 뒤에 말로 변해서 하룻밤 사이에 몇 십 킬로를 도망치는 방법으로 수사망을 빠져나간 적도 있었다.

그런 식으로 세월이 흐르자, 홍진표는 고액의 대가를 받고 세계 곳곳의 주요 인물을 암살해 주는 비밀 거래망에 닿을 수 있게 되기도 했다. 홍진표는 거래망에 암살 의뢰가 들어오는 인물 중에 자신의 판단하기에 더 이상 세상에 살아 있는 것이 해가 되는 인물이라면 없앨 방법을 궁리하게 되었다.

한번은 울산의 장생포 고래고기 식당을 통해서 고래 가죽을 구한 뒤에 고래로 변신한 적도 있었다. 그렇게 해서 그는 몇날 며칠을 넓디넓은 바다를 헤엄쳐 건너가서, 미국 샌디에이고 앞바다에서 요트 놀이를 즐기고 있는 어느 마약밀매범의 배를 들이받아 뒤엎어 버렸다. 바다에서 방향을 알아보고 태평양을 건너가고, 긴 시간 동안 생선만 잡아먹으며 버텨야 하고, 자꾸 몸에 달려드는 기생충 같은 이상한 작은 물고기들에게 계속 시달리는 것은 지긋지긋한 일이었다. 그러나 그렇게 준비한 만큼 아무도 추적할 수 없는 범죄였다. 기관단총을 든 부하 몇 명을 거느리고 있으면서 그거면 세상 무서운 게 없다고 생각하는 마약 조직 두목을 한입에 씹어 주는 것은 참고 기다린 값어치만큼 흥겨운 일이기도 했다.

마침내 홍진표는 이제는 혁명을 일으킬 때가 왔다고 생각하게 되었다. 그는 파를 넣어 둔 목걸이와 함께 여러 가지 동물들의 가죽과 가면을 가방에 항상 넣고 다니면서 자유자재로 변신하는 재주를 갖추고 있게 되었다. 처음에는 네 발로 걷는 소의 움직임이 어색할 정도였지만, 지금은 순록으로 변신하고 나면, 높은 산도 단숨에 뛰어오를 정도로 각각의 동물에 익숙해져 있기도 했다. 그는 자신이 갖고 있는 평화롭고 좋은 세상에 대한 생각을 자기 손으로 실현하겠다고 결심했고, 자신에게는 그만 한 재주가 있다고 믿게 되었다.

한번 그렇게 생각하기 시작하니, 세상 모든 일이 자신이 계획한 혁명으로만 해결될 수 있는 것처럼 보이기 시작했다. 세상 모든 문제에 대한 유일하게 확실한 대책은 자신과 같이 남들이 전혀 할 수 없는 일을 할 수 있는 사람에 의한 극적인 변화뿐이라고 굳게 믿게 되었다. 홍진표는 차근차근 혁명 계획을 세웠고, 가장 먼저 공격해야 하고, 공격받아야 마땅할 대상들도 정했다.

홍진표는 일을 벌이기 전에, 먼저 햄스터 한 마리를 구하기로 했다. 앞뒤의 많은 확인되지 않은 사연 가운데, 이것은 다시 김희정이 해 주었다는 이야기에서도 확인되는 대목이다.

홍진표는 사건 전에 햄스터를 구하려고 했고, 김희정과 뜬금없이 근사한 곳에서 저녁을 먹으며, 이상하게 진지하고 비장한 태도를 취했다고 한다. 여기서 세세한 내용을 밝힐 수는 없지만, 홍진표가 김희정에게 그날 해 준 이야기

중에, 그의 다음 행동과 결정적으로 완전히 맞아떨어지는 것은 없다. 그렇지만 한마디 한마디 따져 보자면, 또 보기에 따라서는 이제부터 세상을 홀라당 바꿔 버리겠다고 결심한 어떤 엉뚱한 사람의 말에 어울릴 만한 것처럼 보이기도 한다.

홍진표가 공격한 사람은 어느 영화배우로, 최근 들어 정치적인 활동으로도 크게 주목받고 있는 사람이었다. 홍진표는 그의 정치적인 활동이 사회를 크게 망가뜨리고 있으며, 역사를 거꾸로 되돌리는 것이라고 판단했다.

홍진표는 산속에서 광개토대왕이 나오는 사극을 촬영하고 있던 그 영화배우가 자신의 차에 돌아가서 쉬고 있는 틈을 기다렸다. 홍진표는 거대한 표범으로 변신해 나무 위에 올라가서 나뭇잎 속에 숨어 있었다. 한참 숨은 채로 영화배우를 기다리고 있던 그는, 기회가 찾아오자 차 뒷유리창을 부수고 들어갔다.

영화배우의 숨이 끊어진 후, 홍진표는 다시 원래 모습으로 돌아왔다. 그리고 홍진표는 준비해 두었던 칼을 꺼냈다. 홍진표는 영화배우의 옷을 찢었고, 그 등가죽에 칼날을 댔다. 홍진표는 영화배우의 얼굴 사진을 실제 크기로 컬러프린터로 출력해서 마분지에 붙이고 눈 자리에 구멍을 뚫어서 조잡한 가면 모양으로 만들어 둔 것을 갖고 있었다. 이제 영화배우의 등가죽만 구해서 자기 등에 얹고 있으면, 홍진표는 그것을 이용해서 이 영화배우과 꼭 같은 모습으로 변신할 수 있겠다고 생각한 것이다. 그러면 홍진표는 이 영향력 있는 영화배우이자 정치인 행세를 할 수 있었다. 그렇게 해서 세상에 변화를 일으키고, 혁명의 다음 단계로 나아가려고 한 것이다.

그러나 그 계획은 거기서 멈추었다.

조태희 형사는 정확히 무슨 관계가 있는 것인지는 여전히 알지 못했지만, 어떻게든 홍진표와 계속해서 벌어진 이상한 사건들이 무슨 관계가 있을 거라고 생각하고 계속해서 추적해 오던 사람이었다. 조태희가 그때 홍진표를 찾아낸 것이다. 조태희의 생각은, 홍진표가 온갖 동물들을 헬리콥터로 공중 투하할 수 있고 그 동물들을 완벽히 훈련시킬 수 있는 재주가 있다면, 모든 범행이 가능하다는 식의 상상을 하는 정도에 그쳤다. 하지만 어쨌거나 그 긴 시간 동안 홍진표를 끈질기게 따라붙고 있었다.

조태희에게 붙잡힌 홍진표는 곧 구치소에 갇히게 되었다. 그러나 홍진표의 얼굴에 당황한 기색은 없었다. 홍진표는 조태희 형사에게 공손하게 미안하다고, 잘못했다고 했다. 그러면서도 붙잡힌 범죄자들이 흔히 보이는 체념의 기색이 없었다. 그렇다고 그 반대로 격분하고 있는 것도 아니었다.

소문으로 도는 이야기가 모두 맞다면, 나는 그다음에 이런 일이 있었다고 정리해 본다.

그날 저녁 홍진표는 경찰로부터 탈출하기 위해서, 작디

작은 쥐로 변신하기로 했다. 그는 여우 가면을 빼앗기기 전에 틈을 봐서, 햄스터 가면과 햄스터 가죽을 이용하기로 한 것이다. 등에 햄스터 가죽을 붙인 홍진표는 그렇게 해서 쥐로 변신하는 데 성공했을 수 있다. 그러면 경찰 사람들은 갑자기 홍진표가 보이지 않아 어리둥절해했을 것이고, 그 사이에 그는 철창 사이를 빠져나와, 작은 틈새를 파고들고 벽을 기어올라, 마침내 경찰서 바깥 길가로 나왔을 수도 있을 것이다.

그런데 쥐의 뇌 크기는 너무 작았다. 원래 여우고개 전설이 사람이 소로 변하는 내용이었던 것은, 소가 일을 많이 하는 동물이라는 것도 있지만, 소의 머리가 크다는 이유도 있었다고 나는 생각한다. 사람이었던 홍진표의 머릿속에 들어 있던 그 많은 생각과 지식과 기억과 판단과 사상과 성격이 그대로 다 저장되어 남아 있기에는 쥐의 얼마 안 되는 뇌의 크기와 공간으로는 턱없이 부족했다.

아마도 홍진표의 원래 머리에서 반드시 가장 있어야 된다고 할 만한 일부만이 간신히 쥐의 뇌 속에 남아 보존되었을 뿐, 나머지는 변신하는 사이에 그냥 흩어져 버렸던 것 같다.

홍진표였다고 볼 수 있는 그 쥐는 배가 고파졌을 때, 목에 걸려 있던 파를 갉아먹었다. 그리고 그 쥐는 다시 홍진표의 모습으로 돌아왔다. 뒤늦게 경찰서 근처의 길가에서 홍진표가 발견되었을 때, 그는 말도 할 수 없고 생각도 할 수 없는 상태가 되어 있었다. 이제 쥐 한 마리 수준밖에 되지 않는 생각을 갖게 된 그가 마지막까지 머릿속에 품고 있었던 것이 무엇이었는지는 알 길이 없지만, 가끔 그는 그저 앞뒤도 없이 "희정아, 희정아." 하고 중얼거리고 있었다고 한다.

_2018년, 역삼동에서

해장국으로 날아가는 비행접시_곽재식 엽편집
ⓒ 곽재식, 2025

1판 1쇄 인쇄 2025년 1월 23일
1판 1쇄 발행 2025년 2월 3일

지은이 곽재식

발행인 김지아
표지 및 본문 디자인 Misoso

펴낸 곳 구픽
출판등록 2015년 7월 1일 제2015-27호
주소 서울시 광진구 동일로 459, 1102호
전화 02-491-0121
팩스 02-6919-1351
이메일 guzma@naver.com
홈페이지 www.gufic.co.kr

ISBN 979-11-93367-10-0 03810

※ 이 책은 구픽이 저자와의 계약에 따라 발행한 것이므로 본사의 서면 허락 없이는 어떠한 형태나 수단으로도 이 책의 내용을 이용하지 못합니다.
※ 책값은 뒤표지에 있습니다.